「我的雙親在五年前被精靈害死了。」
士道的同班同學——鳶一折紙

「十香！握住我的手！現在——只需這麼做就可以了……！」

「……我真的……可以活下去嗎？」
「一擊——斃命！」

CONTENTS

「為了與〈精靈〉約會，必須利用戀愛模擬遊戲來進行特訓。」
〈拉塔托斯克〉分析官——村雨令音

約會大作戰

末路人十香

橘 公司
Koushi Tachibana

Kadokawa Fantastic Novels

封面・內文插畫　つなこ

精靈
THE SPIRIT
存在於鄰界，被指定為特殊災害的生命體。發生原因、存在理由皆為不明。
現身在這個世界時，會引發空間震，給周圍帶來莫大的災害。
再者，其戰鬥能力相當強大。
處置方法1
WAYS OF COPING 1
以武力殲滅精靈。
但是如同上文所述，精靈擁有極高的戰鬥能力，所以這個方法相當難以實現。
處置方法2
WAYS OF COPING 2
——與精靈約會，使她迷戀上自己。
末路人十香
Dead end TOHKA
SpiritNo.10
AstralDress-PrincessType Weapon-ThroneType [Sandalphon]

序章 邂逅 -restart-

——屏住呼吸。

那是相當超脫現實的景色。

猶如被人抹滅存在般，遭受破壞的街道。

只能認為那是隕石墜落般的巨大坑洞。

有幾名人影飛舞在天空中。

荒謬的景色，讓人覺得所有的一切都只是夢境與幻影。

但是，士道只隱隱約約地看見那個異常世界。

——因為遠比這一切更為不尋常的東西，在士道的眼前出現了。

那是一名少女。

一名穿著奇特光之禮服的少女，佇立在原地。

「啊————」

混雜嘆息的微弱聲音逐漸消失。

彷彿其他要素幾乎都將淪落成不潔之物般，她的存在就是如此地充滿壓倒性。

由既像金屬又像布的不可思議素材所構成的禮服，相當引人注目。

那件散發光芒的裙子也美麗到讓人目眩神迷。

但是，少女本身的容貌，卻讓那些配件相形失色。

猶如煙霧縈繞在肩膀、腰間的烏黑長髮。

凜然地仰望蒼穹，映照出令人難以形容的不可思議顏色之雙眸。

就連女神都會為之嫉妒的容貌憂鬱地扭曲著，靜靜抿起嘴唇的那個模樣……

視線、

注意力，

還有心，

——在一瞬間，全被奪走了。

如此的、

超乎常人的、

非比尋常的、

甚至是暴力般的，美麗。

「——妳是……」

士道目瞪口呆地如此說道。

腦海中甚至浮現自己會因為褻瀆神明的罪行而被挖眼割喉的想法。

少女緩緩地垂下雙眼。

「……名字嗎？」

猶如樂曲般的悅耳聲音，震動空氣。

但是……

「——我沒有那種東西。」

彷彿非常哀傷似地，少女如此說道。

「————！」

那個時候，

兩人四目相接——五河士道的故事，就此展開。

第一章　無名少女

「啊……」

睡醒的感覺非常難受。

因為呀，如果甦醒時，卻發現妹妹正在踐踏著自己的肚子、胸部、頭部等地方，並且熱情地在上頭刻劃出森巴舞節奏，除了少數擁有特殊喜好的人類以外，大部分的人應該都會因此而感到不悅吧？

四月十日，星期一。

春假在昨天結束，今天是個要去上學的早晨。

五河士道揉著惺忪雙眼，發出低沉的呻吟聲。

「啊——琴里啊。我可愛的妹妹啊。」

「哦哦！」

直到這個時候才終於發現士道已經清醒。正踩在士道肚子上的妹妹——琴里轉身面向這裡，身上的國中制服也隨著動作飛揚起來。

被綁成兩束的長髮左右搖擺，猶如橡實般圓滾滾的雙眸直直地盯著士道。

附帶一提，雖然一大清早就在踐踏他人，但是從琴里身上完全看不到任何「糟糕了！」或是「被發現了！」等愧疚。正確來說，對於士道起床這件事情，她可以說是毫不避諱地表現出高興的情緒。

順便說明，從士道的位置望去，可以清清楚楚地看見內褲。

不僅僅只是隱約看見的程度，而是更為下流的景色。

「什麼事？我可愛的哥哥！」

琴里沒有挪開雙腳，如此回答道。

這裡必須特地說明的是——其實士道並不可愛。

「不，快點下來吧。很重耶。」

士道說完後，琴里便用力地點點頭然後跳下床。

士道覺得自己猶如挨了一記Body Blow（註：拳擊比賽中對胸部、腹部的重擊）般，肚子感受到一股衝擊。

「咕呼！」

「啊哈哈哈，你說古夫（註：動畫《機動戰士鋼彈》裡登場的機器人機型）！陸戰用的機型！啊哈哈哈！」

「…………」

士道沉默不語地重新蓋上被子。

「啊！喂！為什麼又躺回去睡了！」

琴里扯開嗓子大叫，並且用力搖晃士道。

「再十分鐘……」

「不——行——！乖乖起床！」

剛睡醒的迷糊腦袋被用力搖晃的感覺，讓士道邊皺眉邊痛苦地開口說道：

「逃……快逃……」

「咦？」

「……其實，我遭到『總而言之如果不繼續睡個十分鐘的話，就會對妹妹處以搔癢地獄刑罰的病毒』——簡稱T病毒感染了……」

「你……你說什麼！」

琴里彷彿是一名獲知外星人隱藏訊息的人類，顯得相當驚訝。

「快點逃……趁我還能保持清醒意識的時候……」

「但……但是，哥哥怎麼辦呢？」

「不用擔心我……只要能夠拯救妳的話……」

「怎麼可以！哥哥！」

「嘎！」

「呀————————！」

士道拋開棉被，揮動著雙手大聲咆哮。琴里立刻發出悽慘的悲鳴聲並且落荒而逃。

「……真是的。」

他嘆了口氣，再次將棉被蓋到身上。看了一眼時鐘，才知道現在的時間還不到六點。

「居然在這種時間把我吵醒……」

嘟囔了一聲之後，士道突然改變念頭。

隨著原本睡得迷迷糊糊的腦袋慢慢清醒，昨晚的記憶也漸漸浮現出來。

從昨天開始，父親與母親因公出差了。

因此，這段期間裡士道必須親自下廚，於是很愛賴床的士道才會拜託琴里叫自己起床。

「啊……」

好像做得太過分了——他搔了搔頭，動作迅速地起床。

士道隨意用手按壓睡亂的頭髮並打了個哈欠，慢吞吞地走出房間。

就在這個時候，掛在牆壁的小鏡子映入眼簾。

可能是因為最近都沒有修剪頭髮的關係吧？只見一名被瀏海遮蔽視野的男人以近乎斜瞪的視

線與自己四目相交。

「…………」

對著這張隨著視力減弱而變得越來越凶狠的容貌嘆了口氣，士道走下樓梯，進入客廳。

「……啊？」

——眼前呈現出一片與平常相異的奇妙景象。

原本擺放在客廳正中央的木製桌子已經被翻倒在地，形成一道猶如路障的防禦柵欄。順帶一提，在路障後方，可以看見一顆綁著雙馬尾的腦袋正在不停顫抖。

「…………」

他躡手躡腳地從桌子的側邊繞到背後。

果不其然，琴里正全身顫抖地蹲坐在地上。

「哇啊！」

「呀！呀啊啊啊！」

琴里被士道抓住肩膀，發出毫無氣質可言的慘叫聲，手忙腳亂地揮舞四肢。

「冷靜一點、冷靜一點。我是正常的哥哥啊。」

「呀！呀……啊？哥……哥哥？」

「沒錯、沒錯。」

「不……不會恐怖嗎？」

「不恐怖、不恐怖。我是琴里的朋友。」

「哦……哦——」

士道說完這幾句簡單的話後，原本繃著一張臉的琴里漸漸褪去緊張的神情。

看起來就像是一隻放下戒心的野生狐松鼠。

「抱歉、抱歉。我馬上開始準備早餐。」

說完後，士道拉著琴里的手讓她站起身，將桌子擺回到原本的位置，然後走進廚房裡。

共同任職於某間科技業大公司的雙親兩人經常不在家。

這個時候，士道就得負責張羅餐點，所以早已做得十分熟練。事實上，在操作烹飪器具方面，士道擁有勝過母親的自信。

於是，就在士道從冰箱取出雞蛋的同時，背後傳來電視的聲響。似乎是心跳速度漸漸恢復正常的琴里按下了電視開關。

這麼說來，琴里每天早上都要收看星座占卜與血型占卜，這已經成為她的日常生活習慣。

話雖如此，大多數的占卜單元都被安排在節目的尾聲才會播出。琴里將電視頻道大致轉換過一輪，然後無聊地開始觀看新聞節目。

「——今日凌晨，天宮市近郊的——」

「嗯？」

聽到平常總是被當作背景音樂的電視新聞所報導的內容後，士道挑起眉毛。

理由很簡單。因為播報員用清晰的聲音說出耳熟能詳的街道名稱。

「嗯？什麼嘛，離這裡很近吶。發生什麼事情了？」

他從長形餐桌探出身子來，瞇著眼睛，將視線拋向電視畫面。

電視螢幕上映照出被破壞得亂七八糟的街景。

建築物與道路崩塌毀壞，化為一堆瓦礫。

看到這副慘狀，讓人忍不住懷疑街道是不是曾經遭受隕石撞擊或是敵軍空襲？

士道皺起眉頭，就在嘆氣的同時，也說出了一句話：

「啊啊……空間震嗎？」

他厭煩地搖了搖頭。

被稱為「空間的地震」之廣域振動現象。

那是發生原因不明、沒有固定發生時間、無法確認災害規模的爆炸、震動、消失。以及其他諸多現象的總稱。

這種極為離奇怪異的現象就像是一隻突然現身並且肆意破壞街道的大怪獸。

這個現象被確認的時間大約是在三十年前。

歐亞大陸的正中央——包括當時的蘇聯、中國、蒙古一帶猶如被剖鑿般一夜憑空消失。

到了士道這個世代，即使不願意也會在教科書上看見這些照片。

地表的一切物體簡直就像是被人完全剷除般，消失得無影無蹤。

死傷者大約有一億五千萬人。堪稱人類史上前所未有的最大災難。

接著，往後有長達半年左右的時間，世界各地都有發生規模雖小、情況卻極為類似的現象。

在士道所能記住的範圍內——大約就有五十例。

發生的範圍遍及地球上的各個大陸、北極、海上，甚至是小島。

當然，日本也不例外。

歐亞大空災的六個月後，猶如被橡皮擦擦拭過一般，從東京都南部到神奈川縣北部一帶全都變成了圓狀焦土。

沒錯——正是士道兄妹倆現在所居住的這塊地區。

「不過，我記得後來幾乎沒有再發生過了，為什麼這種現象又開始增加了呢？」

「到底是什麼原因？」

聽到士道的發問，琴里的眼神緊盯著電視，歪了歪頭。

沒錯。當那場南關東大空災結束後，短時間內都沒有再發現任何空間震。

但是大約五年前，再次開發的天宮市某個角落又發生了一起空間震，以此為開端，陸陸續續開始發生多起原因不明的奇怪現象。

而且這些現象大部分都集中在——日本。

當然，在這段空白的二十五年內，人類並非一事無成。

以完成再次開發的地區為首，從三十年前開始，全國的地下避難所普及率正在急遽上升。

此外，目前也能預先觀測到空間震的徵兆，甚至於成立自衛隊的災害復興部隊等組織。

那是為了前往災區，以修復崩壞的設施與道路為目標所組成的部隊——但是，他們的工作內容幾乎只能用「魔法」來形容。

因為他們能在最短時間內，將被破壞得亂七八糟的街道恢復原狀。

由於作業情形被視為最高機密，所以從來不曾對外公開。不過，每次只要看到原本崩壞的大樓在隔夜就被恢復原狀的情景，都會讓人覺得猶如觀賞了一場魔術秀。

但是，雖然街道可以被快速修復，不過這並沒有減輕空間震所帶來的威脅。

「總覺得發生在這一帶的空間震異常地多呀？尤其是從去年開始。」

「……嗯，真的耶。好像比預想中的還要早。」

琴里將身體倚靠在沙發扶手上，如此說道。

「還要早？妳在說什麼？」

「嗯……偶什摸都沒說～」

士道歪了歪頭。
比起琴里的談話內容，她從後半段開始變得含糊不清的聲音更讓士道感到介意。
「………」
他沉默不語地繞過長形餐桌，然後走到斜靠在沙發上的琴里身邊。
琴里似乎已經有所察覺，隨著士道的接近，慢慢地將臉轉開。
「琴里，看我這邊。」
「………」
「嘿！」
「咕啾！」
他把手放在琴里的頭上，強迫對方轉換方向。從她的喉嚨發出一聲奇怪的聲音。
然後，在琴里的嘴角發現到意料之中的東西後，士道低聲呢喃了一句「果然」。
明明還沒吃早餐，琴里的嘴裡卻含著最愛吃的加倍佳（Chupa Chups）棒棒糖。
「喂！我有說過飯前不准吃零食吧？」
「嗯～！嗯～！」
士道抓住棒子想將糖果沒收，但是琴里的嘴巴卻緊緊閉起，拚命抵抗。
她的臉龐朝著士道使勁用力的方向歪斜，原本可愛的臉蛋也因此變得醜陋滑稽。

「……真是的，等一下要乖乖吃飯哦？」

最後的結果是士道讓步了。他摸摸琴里的頭後，走回廚房。

「哦！我愛你，哥哥！」

士道敷衍地揮了揮手，然後繼續準備早餐。

「……話說回來，國中的開學典禮應該也是今天吧？」

「是呀～」

「那麼，妳應該中午就會回來了吧……琴里，妳午餐想吃什麼呢？」

琴里發出「嗯～」的聲音，搖頭晃腦地認真思考。緊接著，又立刻改變成端正拘謹的姿勢。

「豪華兒童套餐！」

那是附近的家庭餐廳所推出的兒童午餐。

士道擺出身體站直的姿勢，接著將上半身傾斜四十五度。

「本店無法為您準備這道餐點。」

「咦咦——」

琴里一邊滾動著糖果棒，一邊出聲表達自己的不悅。

士道嘆了口氣，隨後聳了聳肩膀。

「……真是拿妳沒辦法，既然機會難得，午餐要不要到外面吃？」

「哦！真的嗎！」

「嗯。那麼，等到放學後，我們就到常去的那間家庭餐廳碰頭吧。」

士道說完後，琴里興奮地手足舞蹈。

「一定唷！約定好了唷！即使發生地震、發生火災、發生空間震、家庭餐廳被恐怖分子占領，也絕對要實現約定唷！」

「不，如果被人占領的話，就不能吃飯了吧？」

「絕對要實現約定哦！」

「是、是，我明白了、我明白了。」

士道說完後，琴里「哦！」了一聲，精神奕奕地舉起手。

雖然士道覺得自己可能太過於寵溺妹妹了，不過呢，哎呀，今天是個例外嘛。

因為從今天晚上開始，自己就必須過著親自下廚的日子了……更重要的是，今天是兩人的開學典禮呀。偶爾奢侈一點應該無所謂吧？

哎呀，只是一份七八〇日圓的兒童午餐套餐是否能算得上是奢侈呢？

「嗯……」

士道稍微伸了個懶腰，打開廚房的小窗戶。

似乎象徵著什麼好預兆，天空一片湛藍。

◇

當士道抵達高中時，時間正好是上午八點十五分。

他稍微確認過貼在走廊的班級分配表後，走向往後要待上一整年的教室。

「二年……四班嗎？」

自從三十年前的那場空間震結束之後，從東京都南部到神奈川縣——總之就是受到空間震破壞而變成廢墟的這一帶，逐漸被開發成落實各式各樣最新技術的實驗都市。

士道就讀的都立來禪高中就是其中一個例子。

該校最自豪的便是擁有在都立學校裡相當少見的完善設備，此外，由於創校時間只有數年，所以不管是內部裝潢或是建築外觀幾乎都沒有任何損傷。而且身為一所舊災區的高級中學，當然也有設置最先進的地下避難所。

可能是因為這些原因，這所學校的錄取率非常低。僅僅因為「離住家很近」這個理由而決定考取這所高中的士道，當初也是花費了一番苦心才考上。

「嗯……」

他低聲嘟囔，不自覺地環顧四周。

距離班會開始還有一段時間，但是教室裡已經聚集許多人。

有些人因為與舊識同班而沉浸在喜悅之中、有些人百般無聊地獨自坐在座位上，每個人的反應都不盡相同……但是士道卻完全沒看到自己熟識的臉孔。

然後，正當他轉頭想要確認寫在黑板上的座位表時……

「……五河士道。」

背後突然傳來一陣平靜而沒有抑揚頓挫的聲音。

「嗯……？」

不曾聽過的聲音。士道心裡覺得奇怪，轉過身去。

眼前站立著一名身材纖細的少女。

少女留著一頭幾乎快要觸及肩膀的頭髮，猶如洋娃娃般的長相則是她的最大特徵。

猶如洋娃娃般的少女——相信應該不會有人對這句形容詞提出異議吧。

因為她端正的容貌簡直就像是經過精密測量的人造物品——而且，從她的臉上幾乎看不到任何表情。

「呃……」

士道東張西望地巡視四周後，歪著頭。

「……妳在叫我？」

確認周圍沒有其他位「五河士道」後，士道才指向自己。

「沒錯。」

看不出任何情緒波動，少女直視著士道，輕輕點頭。

「妳為……為什麼知道我的名字……？」

少女聽到士道的問題，似乎覺得非常不可思議，歪著頭問：

「你不記得了嗎？」

「……嗚。」

「是嗎。」

看見士道吞吞吐吐的樣子，少女並沒有露出失望的表情，她做出簡短的回應後，便往靠窗的座位走去。

接著，少女坐到椅子上，從桌子拿起一本看起來像是工具書的厚重書籍並且開始閱讀。

「什……什麼嘛，到底是怎麼一回事？」

士道搔了搔臉頰，皺起眉頭。

對方似乎認識士道。難道以前曾經在某個地方見過面？

「看招！」

「咳！」

就在士道煩惱之際，思緒突然啪答一聲被打斷了！士道的背部被人用力地甩了一個巴掌。

「痛！你做什麼呀！殿町！」

這個案件的犯人馬上就被揭穿了。士道摸著自己的背部大聲嚷嚷。

「哦，真有精神耶！Sexual beast五河！」

比起同班的喜悅，士道的友人——殿町宏人似乎更想炫耀自己利用髮蠟梳整出來的倒豎頭髮與充滿肌肉的身材，他將雙臂交叉於胸前，身體微微向後仰並且露出微笑。

「……Sex……你在說什麼呀？」

「Sexual beast，你這個色狼。才一段時間沒有見面，居然變得這麼有魅力？你到底是在什麼時候、利用什麼方式跟鳶一變成如此要好的關係，你說啊！」

說完後，殿町將手繞過士道的脖子，帶著不懷好意的笑容如此詢問。

「鳶一……？你在說誰？」

「別裝傻了。你剛剛不是才跟她愉快地聊天？」

殿町邊說話邊用下巴指向窗戶旁邊的座位。

那裡是剛才那位少女的座位。

忽然，似乎是察覺到士道的視線，少女的視線離開書籍，然後看往這個方向。

「……！」

士道突然覺得一陣呼吸困難，於是難為情地移開視線。

相反的，殿町則是大方地微笑揮手。

「…………」

少女沒有表現出任何反應，視線再次回到手中的書籍。

「你看吧，就是那種態度。在我們全校女生中被列為最高難度，甚至被稱為永久凍土、美蘇冷戰、Kacrackle（註：原文為マヒャデドス，是《勇者鬥惡龍》系列中的最強冰系攻擊魔法）唷！到底怎麼做才能贏得她的芳心呢？」

「啊……？你……你在說什麼啊？」

「喂，你真的什麼都不知道嗎？」

「……嗯，之前班上有這位女孩嗎？」

士道說完後，面對這項令人難以置信的事實，殿町做出與歐美人如出一轍的反應——雙手一攤並且露出驚訝的神情。

「她是鳶一啊，鳶一折紙。這所高中引以為傲的超級天才。你沒聽過嗎？」

「沒有，我現在才知道……她很厲害嗎？」

「她可不只是很厲害這麼簡單唷。成績一直以來都保持在全年級榜首，之前的模擬考甚至還摘下全國第一的頭銜，考試分數總是高到讓人覺得不正常的地步啊。你可要做好班級排名往後退一名的心理準備喔。」

「啊？為什麼那種人會來就讀公立學校？」

「誰知道，可能是家裡的因素吧？」

殿町誇張地聳了聳肩，繼續說道：

「不只如此，體育成績比別人優異許多，而且又是名美人。在去年的『最想與她交往的女子排行榜BEST十三』，我記得她好像排行第三喔？你沒看過嗎？」

「我連有這項活動都不知道。你說BEST十三？為什麼會出現這種不上不下的數字？」

「因為女性主辦者的人數總共有十三名。」

「……啊啊。」

士道露出無奈的苦笑。看來那群女性主辦者無論如何都想在這項排行榜中獲得一席名次。

「順帶一提，『最想與他交往的男子排行榜』則是發表到第三百五十八名。」

「這麼多！如此一來吊車尾的名次不就變成『最不受歡迎排行榜』了嗎？這也是主辦者的決定嗎？」

「是啊，真是拖泥帶水的決定啊。」

「殿町你排第幾名？」

「第三百五十八名。」

「你就是主辦者啊！」

「入選的理由是『感覺會付出過於沉重的愛情』、『感覺毛髮很濃密』、『感覺腳部大拇指的指甲縫很臭』。」

「這果然是最不受歡迎排行榜嘛！」

「老實說，因為吊車尾的都是一群沒有得到任何票數的傢伙。所以被扣分的項目越少，就能獲得越好的名次。」

「這是哪門子的酷刑啊！像這種東西還是趕快停辦吧！」

「五河，你放心吧。有一名匿名小姐投票給你，所以你的名次是第五十二名。」

「我真是無話可說了！」

「其他的獲選理由是『似乎對女生沒有興趣』、『看起來很像同性戀』。」

「這根本就是空穴來風、惡意中傷！」

「哎呀，冷靜一點。你在『腐女票選的校內最佳情侶』排行榜之中與我配對，並且獲得了第二名唷。」

「這件事情根本不值得高興啊啊啊啊啊！」

士道失控地大聲吼叫。不過心裡還是有點在意是哪對情侶獲得第一名。

但是殿町似乎一點兒也不介意這種事情（或者應該說他已經跨越某種障礙），將手臂交叉於胸前，打算繼續談論原先的話題。
「總而言之，即使說她是校內最有名的人也不為過。沒想到五河小弟居然如此無知，即使是殿町大人我也感到非常訝異呀。」
「你現在是在演什麼？」
就在士道說這句話的時候，教室裡響起從一年級開始就時常聽到的預備鈴聲。
「哎呀。」
他突然想起還沒有確認自己座位的這件事情。
士道按照寫在黑板上的座位順序，將包包放在從窗戶數來第二排的座位上。
然後，他察覺到一件事情。
「……啊。」
不知道是什麼緣份，士道的座位居然就在全年級榜首大人的隔壁。
在預備鈴結束前，鳶一折紙闔上書本並且將它收進桌子中。
然後眼神筆直地看向前方，擺出猶如經過尺規測量過的完美姿勢。
「……………」
士道總覺得氣氛有點尷尬，於是採取與折紙相同的反應——將視線投向黑板的方向。
彷彿是事先安排好一般，教室的門正好在此時喀啦喀啦地打開了。然後，從那裡出現一名戴著細框眼鏡的矮小女性。那名女性隨即走到講桌前。

四周響起一陣議論紛紛的交談聲。

「是小珠……」

「啊啊，是小珠。」

「真的耶，太好了！」

——幾乎都是善意的評論。

「各位同學，早安。往後的一年，我將擔任各位同學的導師。我的名字叫作岡峰珠惠。」

她以緩慢的聲調如此說道。負責教社會科的岡峰珠惠老師（暱稱小珠）低下頭來向大家鞠躬。似乎是尺寸不合適的緣故，眼鏡微妙地向下滑落，岡峰珠惠連忙用雙手壓住眼鏡。

無論怎麼看都會讓人覺得與學生同年齡的稚嫩臉蛋以及嬌小身軀，再加上那種少根筋的個性，使得這位老師在學生間擁有足以自豪的超高人氣。

然後……

「……？」

這件事情在學生間引起一陣騷動，只有士道緊繃著一張臉。

因為坐在士道左邊的折紙一直朝著士道的方向看過來。

「……！」

一瞬間，他們四目相接。士道慌慌張張地移開視線。

她到底為什麼要看著士道——不，也不是說不能看，也有可能對方只是在看士道周圍的事物也說不定……總而言之，她的視線讓士道覺得坐立難安。

「……到……到底是怎麼一回事……」

士道以旁人聽不見的音量低聲嚷嚷，臉頰流下了汗水。

然後，大約經過三個小時之後。

「五河～反正閒著也沒事，要不要一起去吃飯？」

開學典禮結束後，收拾好東西準備回家的學生們陸續走出教室。將書包背在肩上的殿町如此問道。

除了考試期間以外，學生們很少會有機會在中午前放學。所以四處都可以看見與朋友們商量到何處共進午餐的小集團。

士道在瞬間差一點就要點頭答應了，卻又發出「啊」一聲，改變了心意。

「抱歉。我已經有約了。」

「什麼？對方是女生嗎？」

「啊～嗯……可以這麼說。」

「你說什麼！」

殿町將雙手擺成V字型，還將單腳高高舉起，做出與固力果跑者（註：日本零食公司江崎グリコ於一九一九年創造出的廣告形象人物，也是大阪道頓堀有名的廣告招牌）一樣的反應。

「你快點說清楚春假期間到底發生了什麼事！除了與那位鳶一親密談話之外，居然還要跟女生共進午餐！我們不是發過誓要一起成為魔法師嗎？」

「不，我不記得有答應你這種事情……而且，我所謂的女生其實是指琴里。」

聽到士道這麼說，殿町才安心地鬆了一口氣。

「什麼嘛！不要嚇我啦！」

「是你自己愛大驚小怪吧。」

「但是呀，如果對方是琴里的話，應該就沒問題了吧？我可以一起去嗎？」

「嗯？啊啊，應該沒關係吧……」

士道的話還沒說完，殿町突然將手肘靠在士道的桌子上，壓低聲音悄悄說道：

「喂、喂，琴里目前就讀國中二年級吧？她有男朋友了嗎？」

「啊？」

「不，我沒有別的意思。我只是好奇琴里對於大她三歲的男生有沒有興趣呢？」

「……駁回申請，你不准跟來。」

士道眯起眼睛，厭惡地將不斷靠向自己的殿町的臉頰用力推開。

「怎麼可以這樣！哥哥大人！」

「不准叫我哥哥大人！噁心死了！」

士道皺起眉頭。殿町說了一聲「嘿咻」後站起身來，聳了聳肩。

「哈哈。唉，我才不會那麼不識趣地去打擾你們兄妹團聚呢。在不違反都條例的前提下，盡情地相親相愛吧。」

「最後那句話真是多餘。」

士道在說這句話時，臉頰不禁微微抽搐；殿町的臉上則是浮現訝異的表情。

「我說你呀，琴里長得超可愛的耶。跟那種可愛的女孩子同住在一個屋簷下，是最讓人羨慕的事耶！」

「如果你有妹妹的話，我相信你的想法一定會改變。」

「啊……經常聽別人這麼說。有妹妹的人都不會變成妹控之類的。那是真的嗎？」

「沒錯，那不能算是女性。而是名為妹妹的生物。」

聽到士道如此斷言，殿町露出苦笑。

「是這樣嗎？」

「就是這樣。『妹』這個字拆開來寫就是代表『未』變成『女』性的意思啊。」

「那麼姊姊呢？」

「……女市？（註：姊姊的日文是「姉」，所以拆開後變成「女市」。）」

「好棒！意思是女性專用都市嗎？」

說完後，殿町的臉上浮現一抹微笑。

——然而，下一瞬間。

嗚嗚嗚嗚嗚嗚嗚嗚嗚嗚嗚嗚嗚嗚嗚嗚嗚嗚嗚嗚嗚嗚嗚——

「…………！」

教室的玻璃窗喀啦喀啦地搖晃著，街道響起一陣刺耳的警報聲。

「發……發生什麼事情了？」

殿町打開窗戶查看戶外的情況——幾隻被警報聲驚嚇到的烏鴉正在空中盤旋飛翔。

還留在教室的學生們也都中止了對話，每個人都瞪大了眼睛。

然後，緊接在警報聲之後的，是透過機器播放的講話聲。為了讓每個人聽清楚內容，發話者特地使用將長句切割成短句的方式來說話：

「——現在不是，演習。現在不是，演習。由於觀測到，前震。我們推測，會發生，空間震。請附近的居民，儘快，前往最近的避難所，避難。重複一次——」

瞬間，在一片鴉雀無聲的寂靜中，響起學生們共同倒吸一口氣的聲音。

——空間震警報。

大家的預感成真。

「喂、喂……真的假的？」

殿町的額頭開始冒汗，並且以沙啞的聲音如此說道。

但是——包括士道與殿町在內，待在教室裡的學生們，臉上雖然充滿緊張與不安的情緒，不過反應還算是冷靜。

至少，沒有任何學生陷入恐慌狀態。

由於這條街道在三十年前曾經遭受空間震的重大危害，所以士道他們從幼稚園的時候開始，就不斷接受一場又一場、幾乎快要使人生厭的避難訓練。

而且，這裡是高中。設置有足以容納全校師生的地下避難所。

「避難所就在附近。只要冷靜地抵達那裡避難就沒問題了。」

「哦……哦！你說得沒錯。」

殿町點點頭，對於士道的說法深表贊同。

以不到跑步的速度，快速地走出教室。

走廊上已經聚集了許多學生，一一排隊往避難所的方向走去。

然後——士道皺起眉頭。

因為他發現在人群之中，有一位女學生朝著隊伍的反方向——也就是出口的方向走去。

「鳶一……？」

沒錯，讓裙子迎風飄揚地奔跑在走廊上的人正是鳶一折紙。

「喂！妳在做什麼！避難所不在那裡……」

「沒問題。」

折紙在瞬間停下腳步，說完這句話後，又再次向前跑去。

「什麼東西沒問題啊……？」

士道一邊驚訝地轉頭看向折紙，一邊跟著殿町他們排進學生隊伍當中。

他心裡非常在意折紙的異常舉動——不過，或許她只是有東西忘記拿也說不定。

事實上，即使發布了警報，也不代表會馬上發生空間震。所以如果能即時趕回來的話，應該還來得及。

「請……請大家保持冷靜！沒……沒問題的，請大家慢慢前進！要記得推跑說原則唷！推～跑～說～！勿推、勿跑、勿戳……哎唷！」

前方傳來正在導引學生的珠惠的聲音。

同時，學生們也紛紛笑出聲。

「……只要看到比自己還要慌張的人，反而更容易讓人冷靜下來吶。」

「啊～我懂你的意思。」

士道露出苦笑。殿町也做出類似的表情作為回應。

事實上，小珠老師所表現出來的笨拙舉動不僅沒有增加學生們的不安，還舒緩了他們的緊張情緒。

然後，士道突然想起某件事情，於是從口袋裡取出手機。

「嗯？怎麼了，五河？」

「沒什麼，只是突然想到一件要事。」

他含糊其詞地回答。從已接電話的清單上選擇「五河琴里」的名字後撥打電話。

不過——打不通。無論嘗試幾次，結果還是一樣。

「……打不通啊，那傢伙有乖乖去避難吧？」

只要尚未離開學校的話，應該不會發生任何問題才對。

但是，如果她已經離開學校並且正在前往家庭餐廳的半途中，那就有危險了。

不，那附近應該也有公共避難所才對。照理來說，琴里應該不會有事……但是，士道始終無法抹去心裡的不安。

腦海中漸漸浮現絲毫不畏懼鈴聲大作、猶如忠犬般等待士道到來的琴里身影。

早上，琴里對自己說的那句話——「絕對要實現約定哦！」在此時形成回音，不斷地迴盪在腦中。

「哎……哎呀，雖然她說過即使發生空間震也要實現約定……不過應該不會笨到這種地步……唔！對了，還有這招呀！」

如果沒記錯的話，琴里的手機應該有支援利用ＧＰＳ來確認位置的服務。

操作手機開啟功能，畫面上顯示出街道地圖與紅色圖標。

「————！」

看見這個畫面後，士道不禁倒抽了一口氣。

代表琴里位置的圖標正停在約定好的那間家庭餐廳的正前方。

「那個笨蛋……」

士道一聲咒罵，沒有消去畫面而將手機直接關上，從學生隊伍中鑽出去。

「喂、喂！你要去哪裡呀，五河！」

「抱歉，我忘記拿東西了！你先去吧！」

士道將殿町的聲音拋在背後，與隊伍逆行，朝出口的方向跑去。

接著，他迅速地換上外出鞋，以近乎跌倒的前傾姿勢向外奔跑而去。

通過校門，腳步不穩地跑下學校前的坡道。

「……嘖，普通人遇到這種情況，應該都會去避難吧……！」

士道邊以最快的速度全力奔跑，一邊大聲吼叫。

一片令人毛骨悚然的景色映入眼簾。

沒有車輛通行的道路、沒有路人行走的街道。

馬路、公園、便利商店，完全看不見任何人影。

直到剛剛為止，明明還有人活動的跡象，但是現在只殘留下那種生活感，人們的身影卻消失在街道中。簡直就像是恐怖電影中的場景。

從三十年前的大空災以來，天宮市便針對空間震的問題，小心翼翼地重新規劃都市開發，其謹慎的程度幾乎快要達到神經質的地步。姑且不提公共設施的地下化，一般家庭的避難所普及率也是高居全國第一。

而且，由於最近頻頻發生空間震的關係——居民的避難速度變得更加快速。

話雖如此……

「怎麼會有這種留在原地的笨蛋呢……！」

士道一邊叫罵一邊跑步，再次打開手機。

顯示琴里位置的圖標果然還停留在家庭餐廳前面，沒有移動。

士道下定決心，之後要對琴里處以「彈額亂舞」的刑罰，並且繼續往家庭餐廳的方向快速移動。

沒有分配體力，只是一個勁兒地以最快的速度奔馳在前往家庭餐廳的道路上。

腳開始發疼、手指也開始麻痺。

喉嚨感覺到有異物阻塞、頭暈目眩、嘴巴變得乾涸。

但是士道並沒有停下腳步。完全無暇思考危險、疲勞等問題，只想儘快趕到琴里身邊，於是一個勁兒地奔跑——！

然後——

「……呃——？」

士道一邊奔跑一邊抬頭望向頭頂。在視線所及的最遠處，似乎有某種會動的東西。

「那是……什麼……」

士道皺起眉頭。

數量總共有三個嗎……還是四個？天空中逐漸浮現看起來像是人影的東西。

但是，士道並沒有立即察覺飛在天上的東西其實是人影。

因為——

「嗚哇……！」

士道下意識地摀住眼睛。

原本行進方向的街道突然被一陣耀眼光芒所包圍。

緊接著，震耳欲聾的爆炸聲與猛烈的衝擊波直接襲向士道。

「什麼……」

士道反射性地抬起手臂摀著臉，然後用力地站穩腳步——依舊徒勞無功。

被等同於強烈颱風的風壓掃過，士道最後還是無法保持平衡，往後方跌倒了。

「痛……到底是怎麼回事啊……」

他揉了揉還在眼冒金星的眼睛，站起身來。

「——啊——？」

然後，看見眼前的光景之後，士道發出一聲短促的叫聲。

因為，直到剛剛為止都還在自己視線範圍內的街道，卻在士道閉起眼睛的一瞬間——消失得無影無蹤。

「什……什麼？這到底是怎麼一回事……」

目瞪口呆地喃喃自語。

不是一種比喻、也不是玩笑話。

猶如隕石墜毀般的光景。

不，嚴格來說，應該比較像是地面被整個挖空一般。

街道的景色被削成一塊淺淺的缽狀凹洞。

然後，有個看起來像是金屬塊狀物之類的東西，正聳立在隕石坑洞般的街道一隅的正中央。

「那是什麼……？」

由於從遠處觀看的關係，所以無法看得非常清楚——不過形狀看起來很像是出現在ＲＰＧ遊戲中，國王所坐的王座。

不過，那並不是重點。

重點是有一名穿著奇裝異服的少女，將腳踩在那張王座的扶手處，以這個姿勢佇立在王座旁邊。

「那個女生——為什麼會在那裡？」

雖然只能朦朦朧朧地看見對方的黑色長髮以及綻放不可思議光芒的裙子，不過可以確定的是對方確實是名女孩子。

然後，少女緩緩地轉過頭，忽然將臉面向士道的方向。

「嗯……？」

似乎是……察覺到士道的存在了？因為距離過於遙遠，所以無法確認。

不過，就在士道低頭沉思時，少女又有了動作。

以緩慢而輕巧的動作握住從王座靠背伸出的柄狀物，再將它慢慢地拔出來。

那是一把——擁有寬幅刀刃的巨劍。

刀刃綻放出如彩虹星星般的夢幻光輝，非常不可思議。

少女將劍高舉過頭，畫出閃耀著朦朧光芒的軌跡。

然後——

「咦……！」

少女拿著劍朝著士道的方向橫砍過來。

士道立刻低下頭——不，正確來說，其實是原本支撐士道身體的手腕突然使不上力，讓上半身突然倒下去。

「——什麼？」

刀刃的軌跡穿過剛才士道頭部的所在位置。

當然，兩人之間的距離並不足以讓劍身接觸到士道。

但是，實際上——

「……啊——」

士道睜開眼睛，轉頭看向背後。

他後方的住屋、店家、行道樹與道路交通標誌等，全都在一瞬間被削成同樣的高度。

隔了數秒後，響起猶如遠方雷鳴般的崩壞聲。

「噫……！」

超越理解範圍的恐懼感讓士道的心臟糾結在一起。

——無法理解。

唯一可以確認的是如果剛剛沒有及時低頭的話，自己也會像後方的景色一樣，被削成適當的大小。

「開……開什麼玩笑呀……！」

士道拖著癱軟的腰桿往後方退去。必須逃離這個地方，以最快的速度逃得越遠越好——！

但是……

「——你也是……嗎？」

「……？」

頭上傳來疲憊不堪的聲音。

視覺慢了一拍才追趕上思考的速度。

上一秒還不在這裡的少女居然在一瞬間佇立在眼前。

沒錯，她就是——剛剛還站在隕石洞中央的那位少女。

「啊——」

士道反射性地叫出聲。

對方的年紀看起來與士道差不多，或是比他小一點。

幾乎長及膝蓋的黑色頭髮，兼具可愛清純與威風凜凜的容貌。

在這張臉的中心處，有一雙綻放不可思議光芒的眼眸坐鎮其中，猶如受到各色光源從不同角度照射的水晶般。

身上的打扮也相當奇特。以不知道是布料還是金屬材質的素材做成一套公主禮服般的衣服。至於那件衣服的縫份、內裡、裙襬部分則是由非物質的不可思議光膜所構成。

然後，她的手裡握著一把幾乎與自己身高等長的巨劍。

異常的狀況。

奇異的風采。

特異的存在。

無論哪一點，都深深吸引著士道的眼光。

但是……

啊啊，但是啊……

吸引士道目光的理由中，並沒有摻雜一絲絲不純潔。

「——，——」

一瞬間——

士道忘了死亡的恐懼、忘了呼吸，眼神緊緊盯著眼前的少女。

僅僅如此。

少女就是擁有如此暴力的——美麗。

「——妳是……」

士道目瞪口呆地問道。

彷彿會因為犯下褻瀆神明的罪行而被挖眼割喉——士道的腦海中不禁浮現出這個想法。

少女緩緩地降低視線。

「……名字嗎？」

猶如悅耳樂章的聲音震動著空氣。

不過……

「——我沒有……那種東西。」

少女如此回答，語氣中似乎透露著悲傷。

「——！」

直到這個時候，士道與少女第一次四目相交。

同時，無名少女的臉上露出非常憂鬱的——簡直就像是隨時要哭出來的表情，喀鏘一聲，重新握緊了劍。

「等……等一下、等一下！」

那個微弱的聲響重新喚醒恐懼感。士道拚命地大聲喊叫。

於是，少女用疑惑的眼神看著士道。

「……怎麼了？」

「妳……妳到底想幹什麼……！」

「當然是——儘快將你殺掉。」

少女的語氣是如此理所當然，士道刷白了臉。

「為……為什麼啊……！」

「你問為什麼……？這還用問嗎？」

少女露出厭倦的表情繼續說道：

「——因為你也是來殺我的吧？」

「啊——？」

聽到這個出乎意料的回答，士道錯愕地張大了嘴巴。

「……我怎麼可能會做這種事。」

「——什麼？」

聽到士道的說法，少女看向士道的眼神中交織著驚訝、猜疑與困惑。

不過，少女隨即皺起眉頭，視線離開士道身上，轉而看向天空。

士道也隨著她的動作一起仰望上方——

「什麼……！」

士道睜大了雙眼，屏住呼吸。

因為有數名穿著奇特裝扮的人類在天空中飛翔——而且，從他們手中的武器發射出好幾枚類似飛彈的東西，正朝著士道與少女的方向飛過來。

「嗚……哇啊啊啊啊啊啊啊啊啊——！」

士道不自覺地叫出聲來。

但是——經過數秒後，他的意識依舊非常清醒。

「呃……？」

士道發出錯愕的聲音。

從天空發射過來的飛彈停留在距離少女數公尺的上空，彷彿被一雙隱形的手抓住一般。

少女無精打采地嘆了一口氣。

「……這種東西是沒有用的。為什麼你們總是學不會呢？」

說完後，少女將沒有握著劍的那隻手舉起來，緊緊握拳。

接著，這些飛彈就像是被壓縮般扭曲變形，當場爆炸。
令人吃驚的是，爆炸的規模非常狹小。簡直就像是所有威力都被集中到內側一般。
飛舞在天空中的人們似乎表情狼狽——雖然看不見，不過士道就是有這種感覺。
但是，對方並不打算停止攻擊，接二連三地發射出飛彈。
「——哼！」
少女輕輕地嘆了一口氣，臉上露出泫然欲泣的表情。
與剛才用劍指向士道時的表情相同。
「————！」
與性命受到威脅時相比，這個表情反而讓士道的心臟跳動得更加劇烈。
真是難以形容的奇特情況。
不知道少女的真實身分，也不知道天空中的那些人是何許人也。
但是，可以確定的是這名少女擁有比飛翔在天空中的那些人更為強大的力量。
正因為如此，衍生出一個令人納悶的疑問。
那位強者……
——為什麼會露出這種表情呢？
「……消失吧、消失吧。一切的一切……全都給我消失吧……！」

少女說著這些話，將散發出與眼睛相同的不可思議光芒之劍指向天空。

看起來既疲憊又悲傷，少女毫不費力地舉劍一揮。

瞬間——風聲嘶鳴。

「…………嗚啊……！」

猛烈的衝擊波侵襲四周，斬擊順著攻勢的延長線，朝向天空飛舞而去。

飛行在上空的人們慌慌張張地迴避這項攻擊，紛紛逃離原先的場所。

不過，下一秒又從別的方向瞄準少女，發射出擁有強大功率的光線。

「……！」

士道下意識地閉起眼睛。

不出所料，那道光線也在少女的上空被一道看不見的牆壁擋住，然後被完全消滅。就像是施放在夜空的煙火般，那道光線分散成點點光芒，漂亮地彈往四面八方。

緊接在那道光線之後，有人降落在士道的後方。

「這……這次又是什麼！到底有完沒完啊……！」

從剛剛到現在，士道就一直處於完全摸不著頭緒的狀態中。

只覺得自己就像是作了一場差勁的白日夢。

但是——看清降落在地面的人影後，士道變得全身僵硬。

該怎麼形容呢？對方是名穿著機械裝，而且全身都被沒見過的緊身衣包裹住的少女。
背部裝載飛行推進器，手裡則攜帶著與高爾夫球袋形狀相似的武器。
讓士道的身體僵直在原地的理由很單純。因為士道看過那名少女的臉。
「鳶一──折紙……？」
他小聲唸出今天早上殿町告知自己的名字。
沒錯，那位穿著誇張機械式打扮的少女正是自己的同學──鳶一折紙。
折紙瞥了士道一眼。
「五河士道……？」
然後，彷彿回應般地呼喚士道的名字。
她的臉上的表情沒有任何改變。不過，聲音卻洩漏出一絲絲的訝異。
「……啊？妳……妳為什麼打扮成這樣──」
士道雖然知道自己的問題非常愚蠢，不過還是出聲詢問了。
因為一口氣發生了太多事情，士道已經搞不清楚自己最該介意的是哪件事情。
但是，折紙馬上將視線從士道身上移開，重新看向穿著禮服的少女。
這種反應也是理所當然的，因為……
「──哼！」

少女如同剛剛一樣將手上的劍瞄準折紙揮了過去。

折紙立刻踏了一下地板，從劍的攻擊方向之延長線上飛身而過，接著以驚人的速度與少女展開肉搏戰。

不知從何時開始，折紙拿在手上的武器前端伸出一把由光構成的刀刃。

折紙將刀刃狠狠地砍向少女。

「——嗚！」

少女微微皺眉，舉起握在手中的劍擋住這波攻勢。

——瞬間……

少女與折紙的攻擊接觸後，雙方所構成的交叉點散發出威力強大的衝擊波。

「等……！嗚……哇啊啊啊啊啊——！」

折紙發出丟臉的叫聲，將身體蜷縮成一團，勉強挨過這次衝擊。

她維持著被彈開後的姿勢。二人暫時拉開距離，小心翼翼地舉起武器互相瞪視。

「………」

「………」

謎樣少女與折紙將士道夾在中間，兩人的銳利眼神交纏在一起。

一觸即發的局面。似乎只要有一點點風吹草動，雙方就會再次掀起另一波戰鬥。

「………！」

士道擔心得不知所措。

額頭上布滿涔涔汗水。總之，必須儘快逃離這個地方。士道緩慢地往旁邊挪動身體。

不過，就在這個時候，口袋裡的手機卻突然響起輕快的鈴聲。

「──！」

「──！」

以此為信號。

少女與折紙幾乎同時踏了一下地面，在士道的正前方展開激戰。

「呀啊啊啊啊啊啊！」

由於受到那陣擁有壓倒性威力的風壓波及，士道姿勢難看地摔了一個跟斗，最後撞上牆壁而昏厥。

◇

「──狀況如何？」

穿著襯衫並在肩膀披上深紅色軍服的少女在走入艦橋時如此問道。

「司令！」

在艦長席旁邊待命的男人向少女行禮，漂亮的姿勢猶如軍教課本上的範本。

被稱呼為司令的少女瞥了男人一眼後，便用腳尖踢向他的脛骨。

「喔！」

「不用浪費時間打招呼，趕快說明目前的狀況！」

少女一邊跟男人說話，一邊坐上艦長席。此時，男人臉上露出與其說是痛苦，不如說是沉醉的表情。

男人隨即恢復拘謹的姿勢。

「是！精靈出現的同時，攻擊也立即展開。」

「ＡＳＴ？」

「應該是。」

ＡＳＴ——對抗精靈部隊（Anti Spirit Team）。

為了狩獵精靈、逮捕精靈、殺死精靈等目的而裝備機械盔甲，人類以上、怪物未滿的一群現代魔術師(wizard)。

話雖如此——事實現況是即使擁有超人等級的能力，卻依舊無法與精靈抗衡。

精靈與人類的力量差異，就是如此懸殊。

「——目前可以確認的人數是十名。其中一名採取追擊攻勢，正在與精靈戰鬥中。」

「播放影像。」

司令的話才剛說完，艦橋的大螢幕上便出現了同步影像。

在距離鬧街大約兩條路遠的大馬路上，可以看見揮舞著巨大武器的二名少女正在交戰中。

每當武器碰撞在一起時，就會造成電光馳騁、地面碎裂、建築崩塌等情形。現場充斥著現實生活中難以想像的光景。

「戰況真是激烈吶——不過呀，既然對手是精靈，應該毫無勝算可言吧？」

「如您所說。而且，事實上我方也束手無策。」

「……………」

司令舉起腳，利用靴子的鞋跟狠狠踩住男人的腳。

「咕呀！」

無視男人臉上所露出的無比幸福的神情，司令輕輕地嘆了一口氣。

「就算你不說，我也明白這個道理——但是我已經厭倦一直觀戰了。」

「您……您的意思是……」

「沒錯，我終於收到來自圓桌會議的許可命令了——戰鬥即將開始！」

聽到這句話，艦橋上的船員們紛紛倒吸了一口氣。

「神無月。」
司令將身體稍稍斜靠在椅子扶手上，輕輕地舉起右手，並且直直豎起食指與中指。彷彿是在要求香菸般的姿勢。
「是！」
男人敏捷地將手伸進懷裡，取出一支附有棒子的小小糖果。再以快速而謹慎的動作剝開糖果的包裝紙。
然後，男人跪在司令身旁說了聲「請用」，將糖果棒子放置在司令的手指間。
司令隨即將糖果送進嘴裡。糖果棒因為吸吮的動作而不停翻轉。
「……啊，話說回來，我們最重要的祕密武器呢？剛剛電話沒有接通，他應該有乖乖去避難吧？」
「我調查一下——嗯？」
男人驚訝地轉過頭來。
「怎麼了？」
「不，那個……」
男人指著螢幕畫面。司令看往對方所指的方向——簡短地發出一聲「啊」的聲音。
就在精靈與AST人員使用武器互相攻擊的旁邊，有一名穿著制服的少年昏倒在地上。

「……剛好，把他回收回來。」

「遵命。」

男人再次規規矩矩地行禮。

第二章　訓練開始

——好久不見。

腦海中響起不知在何處聽過聲音。

——終於見到你了，×××。

彷彿懷念、又似憐愛的語氣。

——我好高興。不過，再等一下，再稍微等一下。

你到底是誰？即使如此追問，依舊沒有得到任何回答。

——絕對不會再分開了。絕對不會再出錯了。所以……

那個不可思議的聲音就在此時突然中斷。

◇

「………啊！」

士道睜開眼睛，

「嗚啊！」

緊接著大叫出聲。

這也難怪。因為士道的眼皮被一名陌生女性用手指撐開，類似小型手電筒的東西所發出來的光芒正照射在眼睛上。

「……嗯？你醒過來啦？」

表情看起來很想睡覺的女性，以與臉部表情相符的無精打采聲音如此說道。

她似乎正在觀察士道眼球的活動狀況，所以臉靠得很近。士道聞到一股微妙的香氣，可能是洗髮精的味道吧？

「妳……妳妳妳妳是誰？」

「……嗯？啊啊。」

女人維持呆滯的表情起身，厭煩地撩起垂下來的瀏海。

等到雙方之間拉開到一定的距離後，士道終於可以看清這名女性的全貌。

對方是身上穿著看似軍裝的衣服，年約二十幾歲的女性。隨性綁起的頭髮、帶有明顯黑眼圈的眼睛。此外，可以看見一隻傷痕累累的熊玩偶從軍裝口袋探出頭來，雖然不知道原因為何，不過這一點也成為她的最大特色。

「……我是在這裡擔任分析官職務的村雨令音。不湊巧，現在醫務官剛好外出了……哎呀，別擔心。雖然我沒有執照，不過一些簡單的醫療看護還難不倒我。」

「………」

根本無法讓人安心。

因為非常明顯地，這名叫做令音的女性看起來還比士道更加虛弱。

事實上，從剛剛開始，腦袋就猶如畫圈圈般暈眩，身體也因此變得搖搖晃晃。

然後，撐起上半身的士道對於令音剛剛所說的話感到非常介意。

「——這裡？」

說完後，環顧四周。

士道躺在一張簡樸的折疊床上。然後，白色的布簾圍繞在床的四周，隔出一個猶如學校保健室般的獨立空間。

但是，奇怪的是這裡的天花板不知什麼緣故，居然呈現出粗糙管線裸露在外的景象。

「這……這裡是什麼地方……」

「……啊啊，這裡是〈佛拉克西納斯〉的醫務室。因為你昏過去了，所以他們就擅自將你送過來這裡。」

「〈佛拉克西納斯〉……？妳說昏倒……啊——」

沒錯，士道被捲進謎樣少女與折紙的戰鬥後便昏了過去。

「……呃，那個，我可以問一些問題嗎？因為有太多事情充滿疑點——」

士道邊搔著頭邊如此問道。

不過，令音沒有做出任何回應，沉默不語地背對士道。

「啊——請問……」

「……跟我來。我要向你介紹一個人……你現在心裡應該有許多問題，但是我不擅長解說。關於詳細情形，你可以直接詢問那個人。」

說完後，令音打開門簾。門簾外頭有一片還算寬廣的空間。約有六張床並排在一起，房間的最裡頭放置了一些不曾見過的醫療器材。

令音踩著蹣跚步伐，朝著看似房間出入口的方向走去。

但是，過沒多久，突然腳步一個踉蹌，令音的頭「咚！」的一聲撞上牆壁。

「妳……妳沒事吧！」

「……姆。」

總之，看起來應該沒有要昏倒的跡象。令音斜靠在牆壁上低聲說道：

「……啊啊，抱歉呀。最近有點睡眠不足。」

「妳……妳多久沒睡了？」

聽見士道的問題，令音做出認真思考的動作，然後豎起三根手指。

「三天？難怪會那麼想睡呀。」

「……大約三十年吧？」

「太誇張了吧！」

士道原本已經做好對方頂多回答三個禮拜沒睡的心理準備，萬萬沒想到會得到這個預料之外的答案。

況且，這個答案很明顯地超越了她的外表年齡。

「……哎呀，我真的想不起上次睡覺是什麼時候了。我似乎有點失眠症的問題呢。」

「是……是嗎……」

「……嗯？啊啊，不好意思，吃藥的時間到了。」

令音突然從懷裡取出裝有藥丸的藥瓶。

然後，令音打開藥瓶，使用以口就瓶的方式，一口氣將藥丸灌進嘴裡。

「喂！」

看見令音沒有任何躊躇，劈哩啪啦地嚥下大量藥丸，士道終於忍不住出聲喝止。

「……幹麼大聲嚷嚷啊。」

「不，妳為什麼要吃這麼多藥？話說回來，那是什麼藥啊？」

「……全部都是安眠藥。」

「會致死耶！這可不能開玩笑！」

「……但是對我無效耶。」

「妳那是什麼體質啊！」

「……哎呀，反正味道甜甜的很好吃，應該沒關係啦。」

「那是檸檬汽水糖嗎！」

大聲吼叫一番後，士道嘆了一口氣。

「……總之，往這邊。跟我來吧。」

令音將空空的藥瓶放回懷裡，繼續踩著搖搖晃晃的步伐前進，然後打開醫務室的大門。

「——啊，等等。」

士道慌慌張張地穿上鞋子，緊追在令音身後離開房間。

「這是什麼啊……」

房間外面連接著一道狹窄走廊。

以淡色系為主的機械式牆壁與地板。士道總覺得眼前的走廊會讓人聯想到太空歌劇（註：Space Opera，科幻小說的一種類型。以故事的戲劇性為主軸，而非強調科學考證或科幻啟發）中會出現的宇宙戰艦內部，或是在電影上看過的潛水艇通道。

「……那麼，我們到底要做什麼呢？」

士道依舊處於無法理清頭緒的狀態中，開始慢慢移動腳步。

搖搖晃晃地踩著蹣跚步伐的令音之背影是唯一指標，兩人的腳步聲迴盪在猶如電影場景般的通道上。

然後，不知道走了多久之後。

「……就是這裡。」

令音在一扇位於通道盡頭、側邊設有小型電子儀表板的門扉前停下腳步，並且如此說道。

下一瞬間，電子儀表板響起輕快的聲音，門也在此時滑動開啟。

「……來吧，進去吧。」

令音走進門內。士道也跟在後頭走進去。

「……這是……」

然後，士道看見展現在門的另一側的景色，睜大了眼睛。

簡單來說，這個地方看起來就像是太空船的艦橋。從士道通過的門開始，地板延伸成半橢圓形，中心設置了一張會讓人聯想到艦長席的椅子。

此外，左右兩側連接著平緩的階梯，沿著樓梯繼續往下，可以在最下層看見船員們正在操作精密儀器。整體景色看起來略顯昏暗，設置在各處的螢幕光線囂張地宣示著自己的存在。

「……我帶他過來了唷。」

令音搖頭晃腦地說道。

「辛苦妳了。」

艦長席旁邊站著一名身材高眺的男人，如同一名執事般輕輕鞠躬。燙過的捲髮以及不像日本人的高挺鼻樑。眼前這名青年擁有經常出現在耽美小說中的姣好容貌。

「初次見面。我是這裡的副司令，名字叫作神無月恭平。很高興認識您。」

「啊，是……」

士道搔著臉頰，微微低頭鞠躬。

有一瞬間，士道以為令音是在跟這個男人說話。

但是——事實並非如此。

「司令，村雨分析官回來了。」

聽見神無月所說的話，原本背對這個方向的艦長席發出低沉聲響，慢慢地轉過來。

然後，

「——衷心歡迎呀。歡迎來到〈拉塔托斯克〉。」

響起了以「司令」而言稍微有些太過可愛的聲音，肩膀披著深紅色軍服的少女終於現身。

用黑色的寬大緞帶將頭髮綁成雙馬尾，嬌小的身軀，猶如橡實般的圓滾滾眼睛。然後，嘴裡還叼著一支加倍佳。

士道皺起眉頭。因為，無論怎麼看——

「…………琴里？」

沒錯，雖然外表、口氣，以及全身散發出來的氣質有些許不同之處，不過那名少女確實是士道的可愛妹妹——五河琴里。

「——五河……士道。」

◇

發出旁人無法聽見的微小音量，折紙的腦海中浮現他的臉龐。

毫無疑問地，他就是那個時候的少年。折紙的記憶不可能會出錯。

可惜的是——兩人只有在那個時候見過一次面，對方會不記得折紙也是在所難免的事情。自從就讀高中後，折紙曾經試過各種方法想要與他接觸，但是全都無疾而終。

不過，現在讓折紙更加在意的卻是另一件事情。

「為什麼會出現在那種地方呢……」

為什麼他會出現在響著空間震警報聲的街道上呢？

而且——毫無疑問地，他已經親眼目睹到……

折紙穿著特殊兵裝備的身影，以及——精靈。

「鳶一上士，一切已經準備就緒！」

「————」

突然間傳來裝備士兵的聲音，折紙快速地抬起原本低垂的臉。

接著，折紙立刻在腦海中顯現懸浮指令。

於是，透過折紙身上的穿戴型接續裝置將這項指令傳達給裝備在背上的飛行推進器，並且啟動內藏的顯現裝置。

身上穿著外型看似不適合飛行的裝備，折紙的身體與笨重的武器一起輕輕鬆鬆地漂浮在天空中。

陸上自衛隊——天宮駐防基地。

抵達在位於基地角落的飛機庫後，折紙依循著裝備士兵的引導，以接近於坐下的姿勢降落在自己專用的船塢上。將武器收納回固定位置後，折紙終於可以喘口氣，並且解除所有顯現裝置。

就在此時，直到剛剛都感受不到的裝備重量，以及累積在身體裡的疲憊感，突然一口氣湧現而出。

從後方傳來機械聲，原本裝備在背部的飛行推進器已經解除連結。

但是，大約經過三分鐘後，折紙仍然無法從那個地方站起來。

每次使用完CR-Unit後，都會發生這種情形。從超人恢復成正常人之後，身體往往會感受到一股異樣的沉重感。

戰術顯現裝置搭載組合（Combat Realize Unit）。簡稱CR-Unit。

在三十年前的那場大空災，人類獲得一項奇蹟技術——顯現裝置。而CR-Unit就是將這項技術運用於戰術性戰鬥的所有裝備總稱。

扭曲物理法則，讓電腦的演算結果得以在現實世界中實現。

重點是CR-Unit雖然有其限制，不過卻是能將想像變成現實的一種技術。也可以說是一種利用科學手段來重現「魔法」的系統。

同時——這也是人類唯一能對抗精靈的手段。

「退後一點！讓擔架過去！」

突然，從右方傳來猶如怒吼般的聲音。

稍微移動視線看往那個方向，發現有一名與折紙穿著同款式接線套裝的隊員正躺在擔架上。

「……可惡、可惡，那個女人……！絕對……我絕對要殺了她……！」

躺在擔架上的隊員壓住額頭上正在滲血的繃帶，被人抬著走的途中還不忘憤怒地大聲嚷嚷。

「…………」

既然還有力氣咒罵的話，代表對方的傷勢應該無大礙吧。折紙興趣缺缺地收回視線。

事實上，只要使用醫療專用的顯現裝置進行治療，就能立即治好除了致命傷以外的所有傷勢。之前折紙的腳骨折時，隔天就能正常行走了。

「——」

折紙輕輕嘆息的同時，稍稍往上看。

她回想起今天的戰鬥過程。

——毀滅世界的災難——精靈。

即使集結了好幾位如同折紙那樣擁有超人般能力的人，依舊無法傷害對方一絲一毫。精靈就是如此異常的存在。

毫無預警地現身，隨心所欲地四處破壞，猶如天災般的怪物。

「…………」

結果，今天的戰鬥也是以精靈自動消失的情況收場。

雖然說是消失，不過並不是指精靈死亡的意思。

簡單來說，那僅僅代表精靈穿越空間並且逃跑到別處而已。

儘管書面報告上應該會將這起事件記載成ＡＳＴ擊退精靈——不過，包含折紙在內，所有在現場戰鬥的隊員們都深深明白一個道理……

精靈根本不認為這裡存在著任何威脅，會自動消失也只是一時興起的舉動。

「…………！」

表情沒有任何改變。

但是，折紙用力地咬緊臼齒。

「折紙。」

從飛機庫深處傳來的聲音打斷了折紙的思考。

「…………」

折紙沉默不語地朝著那個方向轉身。可能是身體尚未習慣的緣故，脖子還殘留著沉甸甸的不適感。

每當啟動搭載在接線套裝上的基礎顯現裝置，同時也會在自己周圍的數公尺之內展開隨意領域。

這個領域是CR-Unit最重要的部分。隨意領域——顧名思義，即是使用者能隨心所欲的空間。可以減輕所有外部衝擊，再者，甚至可以自由自在地改變內部空間的重力。只要展開這個領域，包含折紙在內的所有ＡＳＴ人員就能變身成超人。

因此，相反的，在使用完CR-Unit後的短時間內，身體便會處於無法隨意移動的狀態。

「辛苦了。」

一位穿著與折紙身上相同的接線套裝、大約二十五歲上下的女性，手叉著腰佇立在眼前。日下部燎子上尉。折紙所附屬的ＡＳＴ隊長。

「獨自一人擊退精靈呀……我已經狠狠地罵過友原與加賀谷了。怎麼可以把精靈丟給折紙一人，自己臨陣脫逃……」

「我沒有擊退精靈。」

「…………」

聽見折紙這麼說，燎子聳了聳肩。

「我必須向上級這樣報告才行。如果不拿出一點成果來，我們可就拿不到預算了。」

「不要露出這麼恐怖的表情嘛。我是在誇獎妳耶。在沒有王牌的情況下，妳的表現可以說是相當優異。如果沒有妳，後果可能不只是一、兩人死亡那麼簡單。」

說完後，燎子嘆了一口氣。

「只不過……」

燎子的眼神突然變得銳利，然後將折紙的頭扳往自己的方向。

「妳實在是太亂來了——那麼想死嗎？」

「…………」

燎子用銳利的眼神直盯著折紙繼續說道：

「妳真的清楚自己在跟什麼樣的怪物戰鬥嗎？那是妖怪耶。是擁有智慧的暴風——聽好囉？盡力將傷害抑止在最小範圍、盡力讓精靈消失。這些事情才是我們的職責所在。我不允許妳冒無謂的險。」

「——不對。」

折紙直視燎子的眼睛，微微張嘴說道：

「ＡＳＴ的使命是——打倒精靈。」

「…………」

燎子皺起眉頭。

這也難怪。她是ＡＳＴ的隊長。理所當然比折紙更加深刻地理解對抗精靈部隊這個名稱的意義。

就是因為理解其中意義，所以才會這麼說。

就是因為理解，她才這麼說。

——我們所能做的，只有降低災害程度而已。

儘管明白這個道理，不過折紙仍然再次開口說道：

「——我要，打敗，精靈！」

「…………」

燎子嘆了口氣，鬆手放開折紙的頭。

「……我並不打算干涉個人的想法。要怎麼想是妳的自由——不過，如果妳在戰場上違抗命令，就必須離開部隊。」

「是。」

折紙簡潔地回答後，撐著好不容易恢復正常的身體站起來，離開了原地，

◇

「——也就是說，這個是被稱呼為精靈的怪物；這個則是ＡＳＴ，也就是隸屬於陸上自衛隊

的對抗精靈部隊。你真是惹了一個大麻煩呢。如果不是我們將你回收回來，也許現在你已經死過兩、三次了，那麼，接下來是——」

「等……等一下！」

士道出聲制止琴里滔滔不絕的解說。

「什麼？怎麼了嗎？我這個司令官特地為你解釋一切。你應該要感到光榮並且哽咽落淚才對。今天我特別破例，允許你舔我的腳底板。」

琴里將下巴稍稍抬高，做出俯視士道的眼神，說出一堆不像琴里會說的不雅字句。

「這……這是真的嗎？」

站在琴里身旁的神無月發出充滿喜悅的聲音。琴里立刻說了一聲：「又不是你！」然後用手肘撞向神無月的胸口。

「嗚喔……！」

看見兩人的交談，士道目瞪口呆地開口說話：

「……妳……妳是琴里……吧？妳沒事吧？」

「哎呀？難道你忘記妹妹的長相了嗎，士道？雖然我早就知道你的記性很差，只是沒想到會差到這種地步呀。我是不是應該現在就幫你預約養老院呢？」

士道的臉頰流下汗水。

接著，試著捏了一下臉頰——好痛。

士道的可愛妹妹應該不可能會直呼自己的名字才對。

士道搔了搔後腦杓，困惑地說：

「……總覺得發生太多莫名其妙的事情，我的腦中已經一片混亂了。妳在這裡做什麼？話說回來，這裡是哪裡啊？這些人又是誰？還有——」

彷彿在訴說著「夠了、夠了」般，琴里攤開雙手打斷士道的話。

「冷靜一點。你必須先明白這件事情，才能繼續向你解釋其他疑點。」

說完這句話後，琴里指著艦橋的螢幕。

畫面播放著士道剛剛才遇見的黑髮少女，以及身穿機械盔甲的人們。

「呃……那應該是……精靈吧？」

士道搔著臉頰，如此說道。如果沒記錯的話，剛剛琴里確實是這麼說的。

不定期地出現在這個世界，真實身分不詳的怪物。

「沒錯。她是原本不存在這個世界上的東西——只要出現在這個世界上，即使本身沒有那個意願，也會吹走周圍的事物。」

「咚」的一聲，琴里張開雙手做出爆炸的手勢。

士道用手扶住額頭，露出愁眉苦臉的表情。

「……抱歉，妳講解得太籠統了。我還是聽不懂啊。」

於是，琴里說了一句：「都說到這個地步了，你還不明白嗎？」然後邊聳肩邊嘆氣。

「被稱為空間震的現象，就是像她那樣的精靈來到這個世界後所造成的影響。」

「什──」

士道不自覺地皺起眉頭。

空間的地震。空間震。

侵蝕著人類與世界，不合常理的現象。

意思是造成這種現象的原因是來自於那名少女嗎──？

「哎呀……雖然規模不盡相同。小型規模大約數公尺程度；大型規模──如果達到那個規模，就能在大陸上開個大洞了。」

琴里用雙手圈出一個大圓。

琴里說的應該是三十年前發現的第一次空間震──歐亞大空災。

「士道，你很幸運唷。如果這次的爆炸規模再大一點的話，或許連你也會被吹走呢。」

「……！」

琴里說得沒錯。直到現在，士道的全身才突然湧現一股恐懼感。

琴里半瞇著眼看著士道的樣子。

「你到底為什麼要在警報發布的時候外出？你是笨蛋嗎？想死嗎？」

「不……那是因為妳的緣故，妳看這個！」

士道從口袋取出手機，螢幕顯示著琴里的位置資訊。果然，標示琴里的圖標仍然停留在家庭餐廳的前方。

「嗯？啊啊，那個呀。」

但是，琴里從懷中取出手機展示在士道眼前。

「啊……？為什麼妳……那個……？」

士道交互看著自己的手機畫面以及擺在自己眼前的琴里的手機。看來琴里的位置確實是在這個地方，原本還以為琴里一定是將手機遺失在家庭餐廳前了。

琴里聳了聳肩，「哈呼」地嘆了一口氣。

「我還在想為什麼你要在警報發布的時候外出呢？原來是為了這個原因吶。你到底把我想得多笨呀？你這個白痴哥哥！」

「不，因為……呃，話說回來，為什麼——」

「道理很簡單。因為這裡就是那間家庭餐廳的前方。」

「啊……？」

「剛好。就早點讓你看看吧——暫時關掉濾光器。」

琴里說完後，原本昏暗的艦橋突然亮了起來。

話雖如此，變亮並不是因為開燈的緣故。正確來說，感覺比較像是原本蓋在天花板上的黑窗簾，突然被人一口氣抽離。

事實上——周圍一整面是寬廣的湛藍天空。

「這……這是什麼啊……！」

「請你不要大聲吵鬧。外頭的景色就如你所見啦。」

「妳說……這是外頭的景色？」

「對。這裡是天宮市上空的一萬五千公尺之處——位置應該剛好就在約定的那間家庭餐廳的附近。」

「這裡是……」

「沒錯。〈佛拉克西納斯〉是一艘空中艦艇。」

將手臂交叉於胸前，琴里從鼻子發出「哼哼」兩聲。猶如一名正在炫耀心愛玩具的小孩。不——嚴格來說，應該比較像是一名教育至上的媽媽，正在介紹自己用心栽培的小孩。

「空……空中艦艇……？那是什麼啊！為什麼妳會——」

「我不是說過要按照順序逐一說明嗎？就算是雞，在走完第三步前，也不會把事情忘記（註：由於雞是一種記性極差的動物，所以在日本有「走完三步後，雞就會忘卻所有的事情」這句俗語）。

「唔……」

「……但是，居然可以利用手機調查到確切位置，這確實是一個大漏洞吶。因為顯現裝置擁有隱形迷彩與自動迴避的功能，所以就粗心大意了。接下來必須想出補救辦法才行。」

琴里一邊呢喃著令人不解的單字，一邊用手抵住下顎。

「妳……妳在說什麼？」

「啊啊，你不用在意。我不指望士道能理解這些。如果稱斤論兩來比較，士道的頭腦比毛蟹還不值錢呢。」

「…………」

「司令。蟹黃並非蟹腦，而是肝胰腺。」

就在士道的臉頰流下汗水的同時，神無月以沉穩的聲音如此說道。

「…………」

琴里招了招手，示意神無月彎下腰來。

然後，瞄準那雙眼睛，「噗」的一聲，琴里將吃完的糖果棒用力吐出去。

「嗚啊哦！」

神無月摀住眼睛，往後方摔倒。

「你沒——沒事吧！」

這可不是開玩笑的。士道大叫出聲。

不過，原本打算跑過去查看傷勢的士道卻突然停下了腳步。

摔倒在地板上的神無月露出沉醉表情，從懷中取出手帕，將方才琴里吐出來的糖果棒小心翼翼地包起來。

「哎呀，讓您擔心了。沒關係，在我們業界裡，這是一種獎賞呀！」

說完後，神無月站起身來，做出完美的立正姿勢。

究竟是什麼業界呀？士道完全不想深入了解。

「神無月。」

「是！」

琴里豎起兩根手指頭，神無月立刻取出另一根糖果遞了過去。

「還有，接下來是這個。ＡＳＴ——精靈專門部隊。」

說完後，琴里指著照映在螢幕上的一個團體。

「……所謂的精靈專門部隊——具體來說，到底是什麼組織？」

聽見士道的問題，琴里挑起眉毛，擺出一副理所當然的態度。

「這很簡單。只要精靈一現身，他們就會飛到現場處理。」

「處理……」

「簡單來說，就是『殺死精靈』。」
「…………！」
其實士道早就預料到琴里會這麼說。
但是——士道還是感受到了一股糾心的痛楚。
「殺……殺掉……？」
「沒錯。」
琴里滿不在乎地點頭。
士道「咕嚕」一聲地嚥下口水。心跳聲變得越來越大聲。
終於明白琴里所說的內容。精靈的的確確是一種危險的存在。
但是——無論如何，「殺死」精靈這種事情果然還是……
忽然間，士道的腦海裡浮現出那位少女的臉。

（——因為你也是來殺我的吧？）

他終於明白少女說出這句話的意思了。
還有那張泫然欲泣的表情所代表的意義。

「哎呀，按照常理來說，處死確實是最好的解決方法呀。」

琴里的語氣裡沒有任何的感慨。

「為……為……為什麼啊？」

「你問『為什麼』？」

看見表情扭曲的士道低聲呢喃，琴里饒有興味地用手抵住下顎。

「這很正常吧？那是怪物耶！只要現身在這個世界，就會引起空間震。他們是最猛烈的劇毒啊。」

「可是妳不是說了嗎？空間震會自動發生，與精靈的意願毫無關聯。」

「沒錯。精靈現界時所引起的爆炸與本人意願沒有關聯，至少這種說法擁有相當高的可信度——哎呀，不過之後與ＡＳＴ正面衝突的破壞痕跡也被歸類為空災的災害就是了。」

「……那是因為那些叫作ＡＳＴ的傢伙主動攻擊的緣故吧？」

「誰知道呢，或許是那樣也說不一定吶——不過，這些都只是推測。或許在ＡＳＴ採取任何行動之前，精靈就已經與高采烈地大肆破壞了。」

「應該……不可能吧。」

聽到士道的回答，琴里感到相當不可思議地歪著頭。

「證據呢？」

「如果她是喜愛破壞街道的傢伙……就不會露出那種表情了。」

如果稱這個理由為證據的話，未免顯得過於曖昧而不可靠……但是，不知道是什麼緣故，士道卻打從心裡如此深信著。

「那並不是本人的意願吧？既然如此……」

「隨心所欲也好，不能隨心所欲也罷，這些都不是最重要的問題。因為無論是哪種情形，都無法改變精靈引起空間震的事實。雖然可以理解士道的說法，但是不能僅僅因為『很可憐』這個理由，就將等同於核彈等級的危險生物放任不管。現在頂多只會發生小規模的爆炸，但是難保有一天會再次發生歐亞等級的大空災。」

「但是因為這個理由……就要殺死精靈……」

面對士道的固執追問，琴里聳了聳肩，彷彿在表示「真是拿你沒辦法」。

「對方只和你相處短短幾分鐘，彼此之間也毫無交集，而且還打算取你的性命。但是你居然如此偏袒精靈………難道，你愛上她了？」

「才……才不是！我只是在思考有沒有其他方法而已。」

「方法……啊。」

聽見士道所說的話，琴里嘆了口氣。

「那麼我問你，你認為還有別的方法嗎？」

「這個嘛———」

面對這個問題，士道不知道該怎麼回答。

腦袋已經明白琴里所說的話。

只要現身就會給予這個世界嚴重爪痕的異常———精靈。

必須儘速殺掉那種東西才行。

但是，雖然只有一瞬間而已。

士道看見了，少女那張泫然欲泣的臉龐。

士道聽見了，少女悲痛的哀號。

———啊啊，所以才會產生異樣感啊。

「……總而言之，」

士道的嘴巴自動地交織出話語。

「必須試著與她好好地交談過一次後……才能確認答案啊。」

那個時候親身體驗過的死亡恐懼感，至今還刻劃在身體深處。

老實說，士道害怕到想要立刻逃跑。

但是，士道無法就這樣扔下那名少女不管。

因為她的處境———與士道非常相像。

聽見士道的回答，琴里微微勾起嘴角，露出一抹竊笑。
表情彷彿在說著「我終於等到這句話了」。
「是嗎——那麼，我們可以幫助你。」
「啊……？」
士道目瞪口呆地張大嘴巴的同時，琴里啪的一聲張開了雙手。
那個手勢似乎代表了令音、神無月、位於下層的船員們，還有這艘空中艦艇——〈佛拉克西納斯〉。
「我剛剛說我們所有人都會幫助你。集結〈拉塔托斯克機構〉的全部力量來支援士道。」
琴里姿勢優雅地將雙手交疊在膝蓋上。
「妳……妳在說什麼啊。我不懂妳的意思——」
「我現在可以回答你最初所問的問題——我們到底是誰？」
為了打斷士道的話，琴里將說話的音量提高。
「聽好囉？精靈的處置方法大致上劃分為兩種。」
「兩種……？」
士道問完後，琴里用力點頭，然後豎起食指。
「一種是ＡＳＴ的做法，也就是集結全部戰力殲滅精靈的方法。」

緊接著，豎起中指。

「另一種是……與精靈對話的方法——我們是〈拉塔托斯克〉。藉由與精靈對話，以不殺死精靈的方式來解決空間震的問題。〈拉塔托斯克〉就是為了這個目的所成立的組織。」

「…………」

士道皺著眉思考。那個組織究竟是什麼？為什麼琴里會隸屬於這個機構？由於在意的問題實在是太多了——所以，士道決定先提出一個現在最令自己感到介意的問題。

「……那麼，為什麼情況變成這個組織要支援我呢？」

「應該說，前提是相反的。因為原本〈拉塔托斯克〉這個組織就是為了士道才成立的唷。」

「啊……啊啊……？」

士道露出目前為止看起來最誇張的詫異表情，然後突然發瘋似地大叫出聲。

「等一下！剛剛那句話是什麼意思？為了我？」

「是呀——哎呀，應該說這個組織的目的是協助士道擔任與精靈溝通的角色，藉此解決精靈問題。不過，無論如何，這是個沒有士道就無法運作的組織喔。」

「等……等一下！這是怎麼回事啊？妳的意思是這些人都是為了那個目的所以才聚集在這裡嗎？話說回來，為什麼是我啊！」

士道問完後，琴里一邊旋轉著口裡的糖果一邊說道：

「嗯～哎呀，因為士道很特別啊。」

「這根本就不是說明啊啊啊啊啊啊啊！」

他忍不住大叫出聲。

但是，琴里的臉上浮現無所畏懼的笑容，然後做了一個聳肩的舉動向士道示意。

「哎呀，你之後就會明白其中道理囉。這樣不是很好嗎？我們將會投入所有人員、全部技術來支援士道的行動喔，還是說——你打算在毫無準備的情況下，獨自一人介入精靈與ＡＳＴ之間？這次可是真的會死喔。」

琴里半瞇起眼睛，以冷淡的語氣如此說道。士道不自覺地屏住呼吸。

琴里說得沒錯。士道只有提出理想與希望，卻缺乏實現的方法。

雖然士道心裡堆滿許多想說的話，但他決定忍下來，只問一個能夠讓對話繼續延續下去的問題。

「……關於剛剛的對話，具體的做法到底是什麼？」

說完後，琴里露出一抹微笑。

「那就是……」

然後，將手抵住下顎。

「讓精靈——愛上你。」

琴里得意地說道。

…………………

隔了一會兒——

「…………什麼？」

士道的臉頰流下汗珠，皺起眉頭。

「……抱歉，我不太懂妳的意思。」

「也就是說，你必須與精靈進行親密對談、互相調情、浪漫約會，最後再讓精靈死心塌地愛上你。」

琴里以理所當然的語氣說出這番話，讓士道忍不住抱住頭。

「……呃，這個做法為什麼可以解決空間震的問題？」

琴里用一根手指抵住下顎，發出「嗯～」的聲音，做出正在思考的舉動之後……

「如果想用武力之外的方法解決空間震的問題，我們就必須說服精靈改變心意，對吧？」

「沒錯。」

「為了達到這個目的，讓精靈喜歡上這個世界就是最快的捷徑吧？只要明白『這個世界是如此美好呀～』的道理，精靈就不會胡亂肆意破壞了。」

「原來如此。」

「所以，你想想，不是有句話是這麼說的嗎？『只要陷入戀愛，就能發現世界的美好』——因此，你必須與精靈約會，並且讓她迷戀上你！」

「不，這個說法太奇怪了。」

很明顯地，這個道理根本不符合邏輯。臉頰流下汗水，士道如此說道。

「我……我不覺得這個方法……」

「閉嘴！你這炸雞！」

正當士道準備反駁論點時，琴里用不容分說的強硬口吻阻止他的發言。

「『我不允許ＡＳＴ殺精靈～』、『應該還有其他方法吧～』、『但是我也討厭〈拉塔托斯克〉的做法～』……你的意思是這樣嗎？天真也要有個限度唷！你這隻三井寺步行蟲！憑你一個人能做些什麼事？請你有點自知之明吧。」

「嗚……唔……」

「——即使你心底無法完全認同我的說法也無所謂。但是，你既然不想殺死精靈……就只能選擇這個方法囉！」

琴里露出相當不懷好意的笑容。

事實上，琴里說得沒錯。

士道沒有能力也沒有任何後盾，根本無法實現想要再次與那名精靈少女對話的願望。

姑且不論ＡＳＴ的做法——琴里他們很明顯地是打算籠絡精靈，然後再加以好好利用。

但是——事實上，確實是別無他法了。

「……我知道了！」

士道心不甘情不願地點頭。琴里笑容滿面。

「——很好。從最近的資料來看，精靈最快也要一個禮拜之後才會現身。事不宜遲，就從明天開始訓練吧。」

「啊……？訓練……？」

士道呆呆地低聲呢喃。

◇

然後，翌日。

「過來。」

「呃？」

突然……

被折紙抓住手的士道發瘋似地大叫出聲。

「啊，等……等一……」

喀咚一聲踢倒椅子，士道被折紙拉著走出教室。

殿町待在兩人後方，目瞪口呆地張大嘴巴；女學生們則是發出議論紛紛的吵雜聲。

心裡想著「這下子應該又會傳出一些莫須有的謠言了吧？」不過士道還是繼續跟在折紙後頭。士道樂觀地安慰自己「至少比『與殿町是一對最佳情侶』的謠言來得好多了。」

四月十一日，星期二。

士道體驗到猶如作夢般不可思議體驗之後的隔天。

結果，在那之後，士道被帶到另一個房間。然後由一位陌生大叔向士道講解關於整體情勢的詳細說明。士道就這樣聽到深夜（老實說，士道幾乎不記得最後到底說了些什麼），接著應對方要求簽署各式各樣的文件後，才終於回到家裡。

沒有洗澡就躺到床上，等到恢復意識時，已經是隔天早上了。

他拖著疲憊的身軀來上學，一邊揉著睡眼惺忪的眼睛一邊打起精神上課，直到放學的班會時間結束——就在這個瞬間，突然發生了這件事情。

折紙沉默不語地爬上樓梯，一直走到被緊緊上鎖的頂樓大門前，然後才放開士道的手。

遠方傳來學生們放學回家時的喧鬧聲。

明明距離人聲鼎沸的地方還不到十公尺之遠，卻形成猶如與世隔絕般的寂靜空間。

「呃，那個……」

該怎麼說呢？儘管心裡明白折紙沒有那個意圖，但是被女孩子帶到這種地方來，還是會覺得害羞。士道的眼神變得漂移不定。

但是，折紙突然單刀直入地問：

「昨天你為什麼會在那種地方？」

沒錯，折紙筆直地凝視著士道眼睛，如此說道。

「不，因為我的妹妹在發布警報時似乎還待在街道上，所以我才去尋找……」

「是嗎——找到了嗎？」

「——！啊，找到了……託妳的福……」

聽見士道的回答，折紙面不改色地如此說道。

「是嗎，真是太好了。」

折紙說完後，繼續開口說：

「——昨天，你看到我了。」

「啊，對……」

「這件事情不准告訴任何人。」

就在士道點頭承認的同時，折紙也散發出不容分說的魄力如此說道。

如果在這個時候回答：「如果不想被拆穿的話，就要乖乖聽我的話喔！嘿嘿嘿！」不知道對方會有什麼反應呢？內心突然湧現一股危險的好奇心。

不過，士道果然還是沒有那種膽量，只是拚命地點頭。

「還有，除了我以外的一切事物——包含昨天的所見、所聞，全部都忘了吧。」

她一定是在說……精靈的事情吧？

「……妳在指那個女孩子的事情嗎？」

「…………」

折紙只是沉默不語地凝視著士道。

「喂、喂……鳶一。那個女孩子到底——」

雖然〈拉塔托斯克〉已經大致解釋過精靈的事情，不過士道還是問了這個問題。

因為那畢竟只是琴里他們組織的看法。實際與精靈拔刀相向的折紙這邊，應該會有不同看法吧？

「那是精靈。」

折紙簡短地回答。

「也是我必須打敗的東西。」

「……那……那個精靈是壞人嗎……？」

士道試著提出這樣的疑問。

然後，雖然動作不明顯，不過士道似乎看見折紙緊咬嘴唇的動作。

「──我的雙親在五年前被精靈害死了。」

「……什──」

聽見預料之外的答案，士道突然說不出話來。

「我不希望其他人再遭遇到相同的情況。」

「……是……嗎──」

士道舉起手放在自己胸前。

似乎想要藉由這個動作壓抑劇烈跳動的心跳聲。

但是，士道突然想起另一件在意的事情。面對著仍然直直盯著自己看的折紙，士道一邊搔臉頰一邊提出疑問。

「話說回來，鳶一……妳告訴我關於精靈的情報，這樣真的可以嗎？不，雖然是我主動問妳的……」

「…………」

折紙瞬間陷入沉默。

「沒問題。」

「是……是嗎？」

「只要你不跟別人說。」

「……如果說了的話？」

「…………」

再次停頓了一下。

「我會感到困擾。」

「是……是嗎……那可真是不得了……我跟妳約定，我不會告訴別人。」

折紙點點頭。

以這句話為結束，折紙將視線從士道身上移開，走下樓梯。

「……呼……」

等到看不見折紙的背影後，士道將背部靠在牆壁上嘆了口氣。明明只是說個話而已，卻讓他感到緊張不已。

「雙親被精靈害死——嗎？」

咚，士道將頭輕輕撞在牆壁上，低聲說道。

有人稱呼精靈為「摧毀世界的災難」。理所當然地——也會發生類似這樣的事情啊。

「……我果然太天真了嗎……」

不管是折紙還是琴里，儘管所選擇的方法不盡相同，但是她們都是在堅定的信念之下採取行動。

士道——又是如何呢？

昨天在琴里面前所說出的一切責罵，能否在折紙面前重複一次呢？

「…………」

士道「唉」地嘆了一口氣。雖然不認為自己的行為有錯，但是心裡卻是五味雜陳。

然後，就在士道準備下樓的時候……

「呀啊啊啊啊啊啊啊啊啊啊啊啊啊啊啊——」

從走廊的方向傳來女學生的慘叫聲。

「怎……怎麼了？」

他慌慌張張地跑下樓梯後，發現已經有數名學生聚集在走廊上。

然後，在人群中心，有一名身穿白衣的女性以俯臥的姿勢倒在地上。

「這……這是怎麼一回事？」

「她……她好像是新到任的老師……突然就昏倒了……！」

聽見士道的低聲呢喃，附近的女學生急急忙忙地回答。

「雖然不明白發生什麼事情，總而言之趕快請保健室老師——」

士道話還沒說完，倒在地上的白衣女性突然一把抓住士道的腳。

「嗚……嗚哇！」

「……別擔心，我只是跌倒了。」

那名女性一邊開口說話，一邊緩緩抬起原本緊貼在地面的臉。

「妳……妳是……！」

長長的瀏海、厚重的黑眼圈。雖然多戴了一副眼鏡，不過士道認得那張極具特徵的容貌。

「……嗯？啊啊，你是──」

這名女性──〈拉塔托斯克〉的分析官──村雨令音慢吞吞地坐起身來。

「妳……妳在做什麼啊？為什麼會在這裡……」

「……難道你看不出來嗎？我會以教職員的身分在這裡工作一段時間。順帶一提，教授的科目是物理，兼任二年四班的副導師。」

令音向士道展示別在白衣胸前位置的名牌，如此說道。順帶一提，在名牌上方的胸前口袋，可以看見一隻傷痕累累的小熊玩偶正探出頭來。

「不，誰看得出來啊！」

士道大叫出聲──因為這個舉動，他發現周遭的人都以異樣的眼光看著自己。

「啊……這……這個人好像沒事了……」

說完後，士道伸出手，協助令音站起來。

「……嗯，謝謝你。」

「不用在意。我們邊走邊說吧。」

對周圍眼光感到介意的士道如此說道。

配合著令音的速度，士道慢慢地走了起來。

「那個——村雨分析官？」

「……嗯？啊啊，叫我令音就可以了。」

「啊？」

「……我可以直接叫你的名字吧？因為互助與合作都是源自於信賴。」

令音點點頭，然後看著士道的臉。

「呃，我記得你叫……士太郎，沒錯吧？」

「只有對一個士字！」

信賴蕩然無存。

「……那麼，小士，雖然進展得有點快……」

「這是哪種華麗的跳躍性思考啊！而且還取了一個這麼奇怪的暱稱！」

士道忍不住大叫出聲。但是，令音彷彿沒有聽見他所說的話，繼續說下去：

「……昨天琴里提到的強化訓練已經準備完成。我剛好在找你。你來得正好，直接前往物理準備室吧。」

士道知道說什麼都無法改變現況，決定放棄追究原因，嘆了一口氣後反問：

「所謂的訓練到底要做些什麼事情啊？那個……令音。」

「……嗯。我從琴里那邊聽說過了。小士，你從沒交過女朋友吧？」

「…………」

——我家的妹妹為什麼要將哥哥的女性交往經歷（零）洩漏給他人知道？

臉頰不斷抽搐的士道曖昧地點了點頭。

「……我並不是在指責你。行為檢點是相當難能可貴的……但是，如果是要追求精靈，那可就不是一件好事了。」

「唔……」

士道皺起眉頭，低聲嘟囔。

然後，大約在經過教職員室附近時……

「……啊？」

一幅奇怪的景象映入眼簾，讓士道停下腳步。

「……怎麼了嗎？」

「不，那個……」

視線前方可以看見正在行走中的小珠老師——不過，有一個相當眼熟、頭髮綁成雙馬尾的矮小影子跟在她的後方。

「啊！」

或許是注意到士道的視線，那一個矮小的影子——琴里，臉上突然浮現開朗的神情。

「哥哥————！」

瞬間，彷彿被吸過來般，琴里朝著士道的腹部衝過來。

「哈嘎……！」

「啊哈哈！哈克（註：Mike Haggar是在卡普空公司旗下遊戲《Final Fight》中登場的架空人物。暱稱為「戰鬥市長」）！是市長耶！啊哈哈哈哈！」

「琴……琴里……你為什麼會在高中……？」

士道一邊拚命地拉開黏在自己腹部上的琴里，一邊說話。小珠老師從琴里的後方走過來。

「啊，五河同學。因為你的妹妹來找你，我正打算用校內廣播通知你呢。」

「是……是……」

仔細一瞧，琴里正穿著訪客專用的拖鞋，國中制服的胸前別著入校許可證。看來她應該是規規矩矩地辦完手續後才進入校園。

「哦~老師，謝謝妳！」

「是，不用客氣！」

看見琴里精神奕奕地揮手，老師笑容滿面地如此回答。

「呀！真是的，你的妹妹真是可愛呀！」

「是……還好啦。」

士道的臉頰流下汗水，一邊苦笑，一邊說出曖昧的回答。

老師笑著對琴里說「掰掰」並且互相揮手道別後，便朝著教職員室的方向走去。

「……那麼，琴里。」

「嗯~什麼？」

琴里睜著圓滾滾的眼睛，歪著頭。

那是士道所熟悉的那位可愛妹妹常做的舉動。

「妳……昨天所說的那個〈拉塔托斯克〉還有精靈……」

「那個話題晚點再說吧~」

雖然語氣沒有改變，卻感受到一股難以言喻的壓力，士道陷入沉默。

然後，從士道的後方響起令音沉穩的聲音。

「……妳來得真早呀，琴里。」

「嗯，因為我在半途中搭乘〈佛拉克西納斯〉過來。」

自己明明說過要「晚點再說」，現在卻毫不避諱地講出艦艇的名字。

察覺到這項不合理，士道用手扶住額頭。

琴里露出直率的笑容看著士道的反應。然後，彷彿要替士道帶路一般，她開始在走廊上往前走。

「那些不重要。喂，哥哥，快走吧！」

說完後，琴里拉起士道的手。

「呃……等等，我知道啦。不要用跑的。」

今天是被女孩子拉著走的一天。就在士道思考著這些無關緊要的小事時，兩人終於抵達目的地。

東校舍四樓，物理準備室。

「好。進去吧～進去吧♪」

「不要說那種聽起來像是Heigh Ho（註：「進去吧」的原文「入ろ－」音近Heigh Ho）的話啦！」

在琴里的催促下，士道打開左右滑動式的拉門。

然後，隨即皺著眉揉眼睛。

「……等一下。」

「……什麼事？」

聽到士道的話，令音微微歪頭。

「這個房間是什麼？」

所謂的物理準備室，其實是學生們鮮少踏足的地方。事實上，連士道也不清楚裡面究竟擺了些什麼東西。

即使如此，士道還是能清楚辨識。

——這裡根本不是物理準備室。

因為士道的眼前擺滿了好幾台電腦、螢幕，以及其他未曾見過的各種機械。

「……房間的備用品嗎？」

「不，為什麼妳的回答會是疑問句呢？話說回來，以前這裡是物理準備室吧？原本在這裡的老師怎麼了！」

沒錯，這裡原本是善良而不起眼、年約四、五十歲的物理老師——長曾我部正市（人稱「天生的石頭帽」（註：原文為「石ころぼうし」，是《哆啦A夢》中的一種道具。只要戴上這種帽子，就會如同路邊石頭般，任誰也不會注意到自己））除了廁所以外，唯一能讓他感到平靜的空間。

如今，卻完全看不到那位長曾我部正市老師的身影。

「……啊啊，他啊。嗯。」

令音用手抵住下顎，低聲都囔。

「…………」

「…………」

「…………」

「…………」

過了數秒之後。

「……哎呀，一直站在那裡也不是辦法。快點進來吧。」

「『㖿』的後面是什麼啊！」

迴避！彷彿可以看見這個單字浮現在令音的頭上。好厲害的含糊其辭能力！最近的日本人務必要學會這項特殊技能才行。

令音率先走入房間，然後坐到擺在最裡面的椅子上。

緊接著，琴里從士道身邊走進房間裡。

然後，以熟練的手勢將綁著白色緞帶的頭髮放下來，然後再從口袋取出黑色緞帶重新將頭髮綁起來。

「——呼！」

突然間，琴里所散發出來的氛圍改變了。

慵懶地鬆開制服領子，咚喀一聲坐進令音附近的椅子。
然後，琴里從帶在身邊的包包裡取出猶如小型資料夾的東西。
裡面整齊地排放了許多美麗、各式各樣的加倍佳糖果。
簡直就像是一個糖果專用收藏夾。
琴里從中選擇了一支，放入口中，然後再以輕蔑的眼神看向依舊站在房間入口的士道。
「你要站到什麼時候啊，士道？難道你想當稻草人嗎？勸你放棄吧。憑你那種傻裡傻氣的長相，可能連烏鴉都嚇不跑喔。啊啊，不過或許會因為太過噁心，人類連靠近都不會靠近。」
「…………」
看見妹妹在瞬間變身為女王，士道用手抵住額頭。
替換緞帶的舉動似乎是切換雙重人格的開關。
與翻面的黑白棋相同，標準的「Jekyll and Hyde」人格（註：《化身博士》的主角傑克在喝了一種實驗藥劑後，晚上便會化身為邪惡的海德先生四處作惡。後來在心理學上，「Jekyll and Hyde」一詞被用來專指「雙重人格」）。
「……琴里，哪一個才是妳的本性啊……？」
「你的說法真是惹人厭吶。這樣子女孩子是不會喜歡你的唷——啊啊，所以你才會一直保持處男之身嗎？抱歉吶，我只是指出一些基本問題。」

「……喂。」

「根據統計，到二十二歲都未曾與女性交往的男生，有半數以上的人一輩子都會是處男唷。」

「那我還有五年以上的緩衝期！妳不要小看未來的我！」

「常常將緩衝期與可能性掛在嘴巴上的人，到最後只會說出『從明天開始努力』這種話。」

「嗚……」

明白在口頭爭辯方面贏不了對方的士道，只能耐著性子把門關上。

「……那麼，小士，總之開始進行訓練吧。坐到這裡來。」

說完後，令音指著被放置在兩人之間的椅子。

「……了解。」

士道明白不管說什麼都沒有用，按照對方的指示坐到椅子上。

「那麼，現在立刻進行調教……咳咳，進行訓練！」

「妳這傢伙原本是不是打算說調教？」

「你多心了。令音！」

「……是。」

琴里說完後，令音一邊將雙腳重疊翹起，一邊點頭贊同。

「……無論你真正的意願為何，如果你想參加我們的作戰，就必須先通過最基本的測試。」

「那是什麼？」

「……很簡單。你必須習慣與女性之間的應對進退。」

「與女性之間的應對進退……嗎？」

「……沒錯。」

令音不斷點頭。彷彿隨時就會入睡一般。

「……為了解除對象的警戒心，而且還要讓她對你產生好感，第一個不可缺少的重要步驟便是對話。雖然我們可以指示你大致上的行動與台詞……不過，如果本人感到緊張的話，一切也是徒勞無功。」

「與女孩子對話……這只是小事。」

「真的嗎？」

然後，琴里突然將士道的頭壓到令音的胸懷裡。

「…………！」

「……嗯？」

令音突然發出讓人感到不可思議的叫聲。

溫暖而柔軟的觸覺襲向雙頰，緊接著是一陣幾乎快要讓腦袋融化的香味繚繞在鼻腔裡。士道立刻掙脫琴里的手，用力地抬起頭來。

「妳……妳妳妳妳想做什麼啊……！」

「哈，不合格、不合格！」

琴里彷彿嘲笑般地聳了聳肩。

「你明白了吧？就是這麼一回事。如果僅僅只因為這種程度就臉紅心跳，根本無法繼續交談。」

「不，明明是妳舉的例子太過奇怪了！」

但是，琴里卻充耳不聞，只是不斷搖頭。

「真是個悲慘的處男啊。討厭、討厭，你覺得這樣很可愛嗎？」

「囉……囉唆！」

「……哎呀，有什麼關係呢？這就是我們來到這裡的原因啊。」

說完後，令音將手臂交叉於胸前。這個舉動自然而然地襯托出她的傲人上圍。

正確來說，比較像是讓胸部「乘坐」在手臂上。

「…………！」

不知為何，士道害羞到不敢直視對方，不自覺地挪開了視線。

——適應女性的訓練。

士道腦海中閃過令音曾經說過的話。
還有即使遇見有點色色的情況，也不能驚慌失措……之類的話。
琴里與令音到底要在這個地方對士道做些什麼事情——
「居然做出吞口水的舉動。真是下流。」
琴里將手肘靠在桌子上，半瞇著眼睛說道。
「不……不是，琴里妳誤會了！我……我才沒有……」
「……哎，我們快點開始吧？」
制止了琴里與士道繼續對話，令音將眼鏡稍稍往上推。
「好——呃，不……不要，我還沒做好心理準備……」
士道緊張到聲音不斷顫抖，挺直了身子。
令音不理會士道的反應，發出「……嗯」的呻吟聲，像之前一樣將身體往士道身邊挨近。
比起剛剛那種毫無預警的接觸，現在心臟反而跳動得更加劇烈。
——啊啊，什麼？到底要做什麼……？
心臟怦通怦通地不停跳動，身體無法動彈。露出猶如八〇年代少女漫畫主角般的表情，士道緊緊閉上眼睛。
但是，等待一段時間後，卻沒有發生任何事情。

睜眼一看，發現令音只是在開啟桌上螢幕的電源而已。

「咦……？」

就在士道呆愣在原地時，螢幕上出現被設計成可愛字體的〈拉塔托斯克〉文字。

緊接著，伴隨著流行音樂，畫面上開始輪流播放有著鮮豔髮色的美少女們，看似標題的地方則有《戀愛吧！My Little 士道》的標誌不停躍動著。

「這……這是……」

「……唔。這就是所謂的戀愛模擬遊戲。」

「美少女遊戲嗎！」

士道發出慘叫聲。

「討厭，你在胡思亂想些什麼啊？你只有妄想力是一流的。真是噁心～」

「……不，那……那是……」

無從狡辯……只能靠假咳嗽來平息自己的心跳聲。

「我……我只是以為真的會用那種方式來進行訓練……」

琴里沉默不語，用睥睨髒東西般的眼神凝視著士道。

至少也說些什麼吧？沉默不語、沉默不語的反應實在是讓人太難受了！

「……哎呀，請不要這麼說。這畢竟只是訓練的第一個階段。而且這並不是市販商品，而是

由〈拉塔托斯克〉全程監製的遊戲唷。將現實生活中會發生的各種情況真實重現。至少可以讓你做好心理準備。順帶一提，這是十五禁的遊戲。」

「啊啊……不是十八禁啊。」

士道不自覺地說出這句話，琴里露出近乎憐憫的眼光。

「討厭，真是差勁。」

同時，令音搔了搔頭。

「……小士，你的年紀是十六歲，對吧？你應該不能玩十八禁的遊戲吧？」

「不，這跟妳們剛剛所說的話有所矛盾吧！」

士道大叫出聲。但是琴里與令音卻不打算理睬他。

「……嗯，那麼我們開始吧。」

「是是……」

雖然感到莫名其妙，不過在催促之下，士道還是拿起遊戲搖桿。

在妹妹與老師的注視下玩美少女遊戲，這根本就是懲罰遊戲吧？

大致看過主角的獨白後，士道開始進行遊戲。

然後，畫面在一瞬間轉暗……

「早安，哥哥！今天也是個好天氣吶！」

這句台詞出現後，畫面也同時顯示出一張漂亮的ＣＧ圖。

一名身材嬌小的少女，看起來像是主角的妹妹，被人以衝擊性的構圖描繪出來。

應該說，這名少女正在踐踏著睡覺中的主角。

可以清清楚楚地看見內褲。

「不對————————吧！」

士道緊握著遊戲搖桿，大聲吼叫。

「……怎麼了，小士。有什麼問題嗎？」

「不，妳們不是說這款遊戲會將現實生活中，有可能發生的各種情況真實重現嗎！」

「……沒錯，有什麼奇怪之處嗎？」

「一切都很奇怪啊！這麼離譜的狀況，怎麼可能發生在……現實生活……」

話還沒說完，士道的額頭已經滲出汗水。

總覺得，昨天早上才親身體驗過非～常相似的經驗？

「……怎麼了？」

「……不，沒事。」

儘管感覺到許多不合理之處，士道還是繼續進行遊戲。

然後，隨著劇情的發展，畫面正中央突然出現不知為何的文字。

「嗯……？這是什麼？」

「嗯，這是選項唷。在這之間選擇一個主角的行動。美少女會根據你的選擇產生好感度的變化，所以要格外注意。」

說完後，琴里指著畫面的右下角。在那個地方顯示著一個類似計量表的東西，上頭的游標正指著零的位置。

「嗯……原來如此吶。該選擇哪一個呢？」

士道將原本停留在好感度計量表的視線往選項的方向移動。

①「早安。我愛妳唷，莉莉子。」滿懷愛意地抱緊妹妹。

②「我起床了喔。應該說，不知不覺地下面也起床了喔！」將妹妹強拉到床上。

③「中計了吧！笨蛋！」抓住妹妹正在踩人的腳，再施以阿基里斯腱固定法。

「……所以，為什麼是這三種選項啊！哪有真實！我才沒做過這種事情咧！」

「不管怎樣都無所謂，這有限制時間唷。」

「啊……？」
如琴里所言，顯示在選項下方的數字正在漸漸減少中。
「……沒辦法了！」
士道低聲都囔，然後選擇了看起來最正經的①號選項。

「早安。我愛妳唷，莉莉子。」
我滿懷愛意地抱緊妹妹莉莉子。
然後，莉莉子的臉上突然浮現出輕蔑的表情，用力把我撞到一旁。
「呃……等一下，剛剛那是什麼？能停止你的舉動嗎？很噁心耶！」

好感度計量表一口氣降低到負五十的位置。
「好真實！」
士道將遊戲搖桿摔到膝蓋上，大叫出聲。
「啊～啊，真是笨蛋。就算是自己的妹妹，突然被哥哥緊緊抱住的話，當然會有這種反應啊
——真是的，因為是遊戲所以還無所謂，如果這是真實情況的話，士道的腹部可能會開出一個漂亮的風穴唷！」

「那麼，遇到這種情況，到底該怎麼辦才好嘛！」

遭到如此不合理的對待，士道忍不住大聲吼叫。但是琴里依舊對他不理不睬。

她一邊呢喃著「真是的、真是的」，一邊嘆了口氣，開啟擺放在自己面前的液晶螢幕。

「啊……？妳在做什麼？」

「既然是訓練，就必須再多添加一點緊張感才行呀。」

畫面顯示出熟悉的景色——來禪高中的出入口。

順帶一提，有一位穿著高中制服的大叔正站在那裡，眼睛直盯著攝影機。

「……這個人是誰？」

「是我們的船員。」

說完後，琴里拿出不知道從哪裡出現的麥克風，然後對著麥克風開始說話。

「——是我。士道選錯選項了，動手吧！」

「是！」

畫面中的男人敬了一個禮。

「啊……？什……什麼？」

士道皺著眉。畫面中的男人從懷裡取出一張紙，然後將它展示在攝影機前。

看見畫面的同時，士道感受到一股幾乎快要使心臟停止的強烈衝擊。

「這……這是——」
看到那副模樣，琴里的臉上露出非常快樂的笑容。
「沒錯，那是在年少輕狂時，深受漫畫影響的你所創作的詩歌——『獻給腐蝕世界的練習曲』！」
「為……為為為為為為為什麼那個東西會……！」
的確，那是士道在國中時寫在筆記本上的詩歌。但是，因為覺得丟臉，所以士道在上高中前就已經將那篇詩歌丟棄了。
「哼哼，因為我覺得總有一天會派上用場，所以特地撿回來了。」
「妳……妳妳妳到底想幹什麼……！」
琴里露出竊笑的同時，說了一句：「動手吧！」
「是！」
男人簡潔地回答，然後仔細地將那份詩歌摺疊好後，再投入手邊的鞋櫃裡。
如此一來，明天來學校上課的學生們就能閱讀到士道使出渾身解數所寫出的詩歌了！
「什……妳到底想做什麼！」
「別大聲嚷嚷，真是丟臉。如果與精靈之間的應對出錯的話，後果可不只是如此唷。因為除了士道之外，危險也有可能會波及到我們身上——因此，為了讓你保持緊張感，所以才特地設定處罰項目。」

「太沉重了啊啊啊啊啊！話說回來，會涉及危險的人只有我吧！」

士道大叫出聲後，令音說了一聲「嗯」，然後將手抵住下顎。

「……原來如此，小士說得也有道理。」

「我……我沒說錯吧！」

聽見意料之外的幫腔，士道的臉上出現明朗的喜悅表情。但是……

「……既然如此，只要每次小士選錯選項，我也來接受懲罰吧。」

說完後，令音開始慢慢地脫下原本穿在身上的白衣。

「等等，妳在幹什麼啊！」

「……沒什麼，你的意思是如果只有自己丟臉的話，是一件很不公平的事情吧？既然如此，只要小士弄錯選項，我就會把衣服一件一件脫掉。」

說完後，令音神情如常地將手臂交叉於胸前。

「我不是這個意思啊啊啊啊！」

「不管怎樣都無所謂，繼續往下玩吧！繼續！」

琴里不耐煩地踹了一下椅子。

士道哭喪著臉，認命地重新面向螢幕。

但是，如果之後都是出現這種選項，士道根本沒有自信能順利過關。

「……吶，琴里，為了能順利破關，我能不能將全部的選項試過一遍？」

「嗚哇，居然說出這種膽小的小市民發言吶。真是難看。」

「囉……囉唆！我是第一次做這種事，所以妳就通融一下吧！」

「真是拿你沒辦法。只限這次唷──那麼先存檔吧。」

「哦，好……」

士道存檔完成後，重新啟動遊戲再次回到之前的選項。

「…………」

他以嚴厲的表情瞪視著選項……不過，依舊覺得每個選項都很奇怪。

但是，可以確定的是③無法提昇好感度。不得已只好嘗試選擇②的選項。

「我起床了喔。應該說，不知不覺地下面也起床了喔！」

我慢慢地起身，將莉莉子強拉到床上，然後再用全身壓在她身上。

「不要……！你……你在做什麼呀！」

「沒辦法呀。都是因為莉莉子的錯，情況才會變成這樣。」

「不要，住手！不要啊啊啊啊啊！」

「沒關係啦、沒關係啦、沒關係啦！」

畫面轉暗。

接著，螢幕顯示的之後劇情發展急轉直下。

崩潰哭泣的妹妹；被父親痛毆的主角；傳來喀鏘一聲的手銬聲響；獨自一人在昏暗房間裡微笑的主角。

以那張ＣＧ圖片當作背景，開始播放悲傷的音樂與工作人員表。

「這是什麼啊啊啊啊！」

士道忍不住大叫出聲。

「突然做出那種事情，當然會落到那種下場呀！你這個強暴犯！」

「所以③才是正確的嗎！」

士道重新啟動遊戲，第三次回到最初的選項，這次選擇③選項。

「中計了吧！笨蛋！」

我抓起妹妹的腳往上拉，再施以阿基里斯腱固定法——原本打算這麼做。

但是……

「你太天真了！」

妹妹轉身避開我伸出的手，接著繞到我的背後捆縛住我的腳，使出漂亮的蠍型固定法。

「咕嗚……！」

之後，主角因為當時的傷害導致半身不遂，最後只能在輪椅上度過下半輩子——然後，遊戲就這樣結束了。

「所以①才是正確答案吧！話說回來，一般正常的妹妹才不會使用這種招式！」

「哼。」

士道說完後，琴里立刻抓住士道的前襟然後將他摔到地板上，接著再瞬間抓住士道的腳使出蠍型固定法。

「咿……！」

「哼，『咿』嗎？你可以盡量哭喊『媽媽、媽媽』啊！」

說完後，鬆開對於士道的箝制，琴里一臉清爽地撩起頭髮。

「妳……妳這傢伙，到底是在哪裡學會這種招式——」

「這是淑女的嗜好。」

直截了當的回應。

士道對於淑女的印象，幾乎快要改變成肌肉發達的摔角選手了。
「痛痛……那麼，這題到底哪個才是正確答案？」
「真是的，最後居然還向出題者詢問答案？真是沒出息吶。」
話雖如此，琴里還是從士道手中搶走遊戲搖桿，然後重新啟動遊戲回到剛剛的遊戲進度。
然後，沒有選擇任何選項，只是沉默不語地凝視著畫面。
「妳在做什麼？不快點選擇的話──」
就在士道說話的同時，顯示在選項下方的數字也在此時歸零。

「嗯……再十分鐘……」
「不行！快點乖乖起床！」

然後，畫面出現相當普通的對話。
好感度計量表既沒有上升、也沒有下降。
「什……！」
「選擇那種詭異的選項，你不覺得只會使情況變得更糟嗎？」
琴里做了一個嗤之以鼻的動作，將遊戲搖桿丟回給士道。

「這次特別放你一馬，快點繼續吧。從下一個選項開始，就會恢復懲罰制度囉。」

「咕……嗚嗚……」

儘管萬般不情願，士道還是握住遊戲搖桿。

遊戲繼續進行。畫面出現一名擁有超過一百公分傲人上圍的女老師。

總覺得從這個時機點開始，遊戲就變得越來越脫離現實，但是士道還是沉默地繼續玩遊戲。

於是……

「呀！」

女老師發出那種慘叫聲，摔倒在沒有任何障礙物的地方。而且還是以胸部壓向主角臉龐的姿勢倒下去。

士道忍不住將遊戲搖桿扔到桌子上。

「所以，我不是說過不可能發生嗎！像這種……」

話還沒說完，士道的臉頰再次流下汗珠，然後垂頭喪氣地撿起遊戲搖桿。因為剛剛似乎也發生過似曾相識的情況。

「怎麼了？士道。」

「……不，沒事。」

他老老實實地重新進行遊戲。

然後，再次出現選項。

①「發生這種事情……我會喜歡上老師的。」慢慢地抱緊老師。

②「乳……乳房女神啊！」猛抓胸部。

③「有破綻！」兩人姿勢改變成腕挫十字固定法。

……又是一些不正經的選項。

「嘖，我知道了……！」

士道緊緊握拳。這一定是與剛剛相同的模式吧！

等待選項下方的倒數時間歸零後，畫面果然開始顯示後續劇情發展。

「……呀啊啊啊！你在做什麼！變態！變態呀啊啊！」

女老師發出慘叫聲，好感度降低到負八十分。

「為什麼啊！」

士道忍不住大叫出聲；琴里只是不斷搖頭。

「經過那麼長的一段時間，如果沒有趕緊避開而是盡情享受胸部觸感的話，當然會發生這種事情。」

「那麼妳說我該怎麼辦嘛！」

「你沒有看見選項出現前的劇情嗎？她是女子柔道部顧問——五所川原知祭。所以必須使出寢技招式，讓她將專注力從胸部轉移到雙方決勝負這件事情上才行。」

「誰會知道這種事情啊啊啊啊！」

「——反正失敗就是失敗。動手吧。」

「是！」

畫面中的男人再次從懷中取出一張紙，將它展示在攝影機前。

上頭是畫技拙劣的人物插畫，還寫滿了詳細的設定。

「這……這是！」

「沒錯！這是士道以前所創作的原創角色設定資料！」

「呀啊啊啊啊啊啊啊啊啊啊啊！」

男人毫不在意士道的慘叫聲，再次將紙張投入適合的鞋櫃裡。

「住手、住手、住手啊啊啊啊啊啊！」

然後，就在士道抱著頭大聲慘叫的時候，令音似乎也開始有所動作。

「……令音！」

忘記了。令音曾經說過只要士道接受一次處罰，自己也會脫掉一件衣服。

不，因為士道畢竟也是一名身心健全的男子高中生，說不高興的話其實是騙人的。但是……

那個，該怎麼說才好？真是傷腦筋。

幸好令音身上還穿著很多件衣服。只要不選錯選項，暫時——

「……嗯。」

然後，就在士道思考這些事情時，令音慢慢地將手伸到背後，啪嘰一聲響起，放進衣服裡的手不斷蠕動，最後從領口抽出一件胸罩。

「從那裡開始脫嗎！」

士道大叫出聲；令音忽然歪著頭。

「……有什麼問題嗎？」

「不，很明顯的，妳將順序弄錯了啊！而且妳可以不用再脫衣服了啦！」

「……嗯？那樣對你不公平吧？我沒問題的……」

「妳只是想脫衣服吧！」

士道大聲喊叫。然後，喀咚一聲響起，再次傳出椅子被踹的聲音。

「怎樣都無所謂，趕快繼續下去！你看，下一個角色登場了。」

說完後，琴里指著畫面。

「唔……」

無可奈何，士道只能繼續玩下去。

這次登場的是看起來像是同學的女生。與主角在走廊轉角衝撞在一起後，畫面出現美麗誘人的M字開腿姿勢，而且內褲被看得一清二楚。

「——！」

士道搜尋著自己的回憶並且握緊拳頭，以宏亮的聲音說道：

「沒有啦！這種情形、這種情形絕對沒有發生過啦！」

「……是嗎？真是讓人感到意外……」

令音如此說道。但是，絕對沒有遭遇過這種事情。士道信心滿滿地搖頭。

但是，再次傳來椅子被踢的聲響。

「這個遊戲並不是要你批評可能沒發生過的狀況！給我認真玩。如果下一個選項還是選錯的話——就會這樣唷！」

說完後，琴里開始操作眼前的電腦。

「……啊？」

士道皺起眉頭。螢幕上開始播放影像。

——背景是士道的房間。而且士道正裸著上半身站立在那個地方。

「這……是……」

士道的臉色蒼白。

因為，那是——

「奧義．瞬閃轟爆破啊啊啊啊啊！」

畫面中的士道將合起的雙手擺在腰邊，然後一口氣朝向前方伸出雙手。

琴里露出更加愉悅的表情。

「沒錯，這是士道以前獨自一人待在家裡時……噗哧，在房間裡練習自創必殺技的……呵呵，影像唷……」

琴里表現出難以忍受的樣子，談話間還不時洩漏出竊笑聲。

「不要啊啊啊啊啊啊啊啊啊啊啊啊啊啊啊啊啊啊啊啊啊啊啊啊——！」

士道大聲叫出堪稱今日最悽慘的哀鳴聲。

「琴里！這個不行！只有這個絕對不行啦！」

「呼呼，那麼你一定要選對下一次的選項呀……啊啊，如果半途而廢的話，我會將這段影片投稿到動畫網站唷。」

「…………」

士道哭喪著臉，重新握緊遊戲搖桿。

第三章 妳的名字是……

「輕鬆獲勝啦！」

士道的左手拿著遊戲搖桿，右手握拳朝著天空高高舉起。

自從琴里與令音開始實行放學後的強化訓練後，包含假日在內，今天已經是第十天了。

士道終於開啟遊戲的Happy End畫面。

……但是在成功之前，不知被揭開了多少難以數計的瘡疤。

「……嗯，雖然花了不少時間，不過總算順利通過第一階段了。」

「嗯，大致上已經開啟全部的ＣＧ圖片，算是得到及格分數吧……話雖如此，這畢竟只是與畫面中女子的應對分數而已。」

可以聽見從背後眺望著工作人員名單的令音與琴里的嘆息聲。

「那麼，關於下一個訓練……進度差不多該進行到現實生活中的女性了。時間已經所剩無幾。」

「……嗯，真的沒問題嗎？」

「沒問題的啦。就算失敗了，損失的代價也只有士道的社會信用而已。」

「不要一臉無所謂地說出如此恐怖的發言啦！妳們這些傢伙！」

士道原本不發一語地聽著兩人的對話，終於忍不住插嘴說道。

「討厭，你在偷聽嗎？你還是如往常一樣下流呢。你這個暴牙龜（註：在日文中意指有偷窺行為的慣犯，有時候也用來指稱好色的男人）Peeping Tom（註：傳說中偷窺戈黛娃夫人的裁縫師Tom，後來「Peeping Tom」一詞在英文中意指偷窺狂）！」

琴里皺著眉以手掩嘴，如此說道。

該怎麼說呢？這是一種融合日本與國外故事的惡毒發言。哎呀，雖然這兩者其實是意思差不多的東西。

「明明是妳們在我面前說話，這樣怎麼能算是偷聽呢！」

士道大叫出聲。琴里嘴裡說著「好、好」，張開手阻止他的發言。

感覺好像是士道說了些什麼奇怪的發言一般。

「那麼，士道。關於下一個訓練……」

「……雖然完全提不起勁來，不過下一個訓練是什麼？」

「嗯……應該選誰呢？」

「啊？」

然後，在歪著頭的士道身邊，令音開始操作手邊的控制台。整齊排列在桌子上的螢幕開始播放學校內的好幾處影像。

「……對了，先選個無可非議的目標吧。選她如何呢？」

說完後，令音指著顯示在畫面右側的小珠老師。

瞬間，琴里挑起眉毛——

「——啊啊，原來如此。很好，就選她吧。」

臉上隨即浮現邪惡的笑容。

「……小士。下一個訓練項目已經確定了。」

「是什……什麼樣的訓練呢？」

士道壓抑著內心的不安出聲詢問。令音點點頭，如此回答：

「……啊啊。在正式情況下，如果精靈出現時，你將會戴上隱藏式的小型耳機，依循我們的指示來應對。所以我們想讓你進行一次實戰訓練。」

「所以，妳們要我怎麼做？」

「……總而言之，你必須去勾引岡峰珠惠老師。」

「啊？」

士道皺著眉大叫出聲。

「有什麼問題嗎？」

彷彿以士道的反應為樂，琴里笑著如此說道。

「問題可大了……！我怎麼可能……做得到……！」

「在正式情況下，你必須挑戰更加難以對付的對象唷！」

「──妳說得……也有道理……！」

士道說完後，令音搔了搔頭。

「……我認為她非常適合擔任第一次的練習對象。因為即使告白的話，她恐怕也不會答應，而且也不會四處散布謠言……哎呀，如果你堅持的話，也可以將目標換成女學生……」

「嗚……」

士道的腦海裡，浮現令人感到厭惡的情景。被士道搭話的女學生回到教室後，立刻與女性友人們聚集在一起，向她們陳述這件事情。「我跟妳們說，剛剛五河向我告白了唷。」「咦，真的嗎？什麼嘛！那傢伙平常裝得一副對女人沒興趣的樣子，但是該出手時還是會出手嘛！」「不過那傢伙應該沒希望吧？」「嗯，不可能、不可能。因為他長得一副苦瓜臉呀！」「啊～真敢說耶，啊哈哈哈哈！」

……似乎又會產生新的心靈創傷。

如果對象換成珠惠的話，腦海中就不會產生關於這方面的聯想。無論外表看起來多像小孩子，她畢竟是名成熟的女性。應該只會把士道的告白當成學生的玩笑話吧？

「所以，你打算怎麼辦呢？如果在正式情況中，失敗就意味著死亡。無論如何，我都希望你能進行一次預演練習。」

「……麻煩以老師為對象吧。」

琴里說完後，士道的背部流下不舒服的汗水，如此回答。

「……好。」

令音輕輕點頭，從桌子的抽屜中取出小型機器遞給士道。接下來將麥克風以及附有耳機的接收器放在桌子上。

「這是？」

「……將它戴到耳朵裡試試看。」

士道依循指示，將東西塞進右耳裡。

然後，令音拿起麥克風，張開嘴巴低聲呢喃。

「……怎麼樣，聽得到嗎？」

「嗚哦！」

耳邊突然傳來令音的聲音。士道的肩膀顫抖了一下，全身嚇到跳起來。

「……很好，有成功連線吶。這樣的音量可以嗎？」

「是……是的……呃，應該吧……」

得到士道的贊同後，令音立刻將放在桌上的耳機戴上。

「……嗯，呣。這邊也沒問題吶。收音功能正常運作。」

「咦？聽得見現在的聲音嗎？但是我並沒有裝備看似麥克風的東西……」

「……你的耳機有搭配高敏感度的收音麥克風。這項性能優異的裝備可以自動過濾雜音，只傳回必要的聲音。」

「哇……」

就在士道發出讚嘆的同時，琴里也從桌子裡取出另一個小型機械零件。手指一彈，那個零件就猶如小蟲般振翅飛翔在空中。

「這……這是什麼？」

「……你看。」

說完後，令音操作眼前的電腦顯示出畫面。

螢幕上播放著琴里、令音還有士道所待的這間物理準備室。

「這是……」

「……超微型的高敏感度攝影機。這個東西會追蹤你。不要把它誤當成蟲子拍死唷。」

「哇……這個東西那麼厲害啊。」

然後，咚的一聲，士道的屁股被踢了一下。

「什麼都無所謂，快點行動！你這隻鈍龜！目標現在正在東校舍的三樓走廊唷。離這裡很近。」

「…………遵命。」

知道不管說什麼都沒有用，士道有氣無力地點頭示意。

如果再繼續拖延時間的話，對象很有可能會改成另一名女生。士道強迫自己移動著不想前進的腳步，走出物理準備室。

然後，士道走下樓梯左顧右盼——在走廊前方看見珠惠的背影。

「老——」

途中，他突然止住了叫喚聲。

雖然是需要大聲喊叫才能聽到的距離……不過士道不想引起還留在學校的師生們注意。

「……真是沒辦法。」

士道以小跑步的速度朝著珠惠的背影追過去。

不知道前進幾公尺後，察覺到士道腳步聲的珠惠停下腳步轉過身來。

「咦，五河同學？怎麼了嗎？」

「……那……那個——」

明明是每天都能見到的容貌，一旦變成自己要勾引的對象後，緊張情緒一下子就增高了。士道不自覺地閉起嘴巴。

「——冷靜一點吶，這是訓練。就算失敗的話，也不會死掉。」

右耳傳來琴里的聲音。

「就算妳這麼說……」

「呃？你說什麼？」

因為士道的自言自語而做出反應，珠惠歪著頭。

「啊，不，沒什麼……」

或許是對於遲遲不肯採取行動的士道感到不耐煩，耳邊再次聽見透過耳機傳來的聲音。

「真是沒出息吶——總而言之，先試著誇獎對方吧。」

聽見琴里的話後，士道將珠惠從頭到腳地全部打量過一次，尋找可以誇獎的題材。

……不過，等一下。士道的思緒突然停頓了一下。這麼說來，前幾天閱讀過的基礎教材書裡，記載著如果直接誇獎女性容貌的話，反而會使對方覺得自己不夠誠懇。在這種情況中，若是誇獎衣服與裝飾品等東西，就等於間接性地認可女性的品味，這樣反而是比較好的做法。

士道下定決心，開口道：

「對……對了，那件衣服……很可愛耶。」

「咦……？是……是嗎？啊哈哈，總覺得好害羞呀。」

珠惠高興地羞紅了臉頰，搔著後腦杓露出微笑。

——哦哦？這似乎是個不錯的反應？士道輕輕握起拳頭。

「是的！非常適合老師！」

「呵呵，謝謝你。我也很喜歡這件衣服唷。」

「妳的髮型也好好看吶。」

「咦？真的嗎？」

「是的，還有那副眼鏡也是。」

「啊……啊哈哈哈……」

「那本出席紀錄簿也超好看的！」

「那個……五河同學……？」

珠惠的表情漸漸轉變成接近於苦笑的困惑表情。

「說得太過火了啦！你這隻禿驢！笨蛋禿驢！」

右耳傳來琴里充滿錯愕的聲音。

但是，就算被人這麼說，士道還是不知道接下來該說些什麼才好。兩人之間出現一陣短暫的沉默。

「那個……沒事了嗎？」

珠惠歪著頭。

或許是覺得時間拖太久了，這次右耳傳來睡意濃厚的聲音。

「……沒辦法了。那麼，你直接照著我的台詞說一遍吧。」

真是太好了。士道輕輕點頭，表示自己明白了。

然後，不加思索地將耳邊所聽見的情報直接說出來。

「那個，老師……」

「什麼事？」

「我最近非常喜歡來學校上課。」

「是嗎？那可真是件好事呀。」

「是的……都是因為老師擔任導師的緣故。」

「咦……？」

「你……你在說什麼呀？為什麼會突然……」

珠惠吃驚地睜大眼睛。

珠惠雖然口頭上這麼說，卻喜形於色。

士道繼續按照令音的指示說話。

「事實上，從很久以前開始，我就喜歡上——」

「呀哈哈……不行唷。對於你的心意，我感到很高興，但是我是老師啊。」

珠惠啪答啪答地揮動出席紀錄簿，露出苦笑。

眼前這位果然是名具有教師身分的成熟女性。似乎想要極力避免這件事情的發生。

「……唔，該如何攻陷她的芳心呢？」

不斷編織出台詞的令音輕輕地嘆了一口氣。

「……我記得她今年是二十九歲吧——那麼，小士。你就這麼說吧。」

令音說出下一句台詞的指示。士道幾乎沒有經過思考就張嘴說道：

「我是真心的。真心想與老師——」

「那個……我感到很困擾。」

「真心想與老師結婚！」

——微微抽動。

當士道說出「結婚」這兩個字的瞬間，似乎看見珠惠的臉頰微微抽動了一下。

然後，經過短暫的沉默之後，響起了微小的聲音。

「……你是認真的嗎？」

「咦……！啊，是……是的。」

對於突然改變的氣氛而感到不安的士道如此回應。然後珠惠立刻往前踏出一步，抓住士道的袖子。

「真的嗎？等到五河同學到了適婚年齡後，我也已經超過三十歲了唷！即使這樣也無所謂嗎？你會來向我雙親打招呼嗎？可以接受入贅嗎？等你高中畢業後，願意繼承我家的家業嗎？」

猶如判若兩人般眼神閃閃發光、呼吸紊亂的珠惠一直逼近過來。

「那……那個，老師……？」

「……嗯，效果好到超出預期嗎？」

看見士道的畏縮，令音的話中伴隨著歎息聲。

「這……這是怎麼一回事啊？」

士道以珠惠聽不見的音量，向令音提出疑問。

「……沒有啦，對一名二十九歲的單身女性而言，『結婚』這個字眼就猶如一擊必殺的咒文般。因為這種人正處於以前的同學們陸陸續續建立家庭、雙親不斷催婚、必須超越原本不以為意的三十歲高牆等不安定的狀況中……話雖如此，她的反應還真是極端吶。」

令音的聲音透露出少見的退縮，如此說道。

「那……那些都不重要，妳說現在該怎麼處理這個狀況……！」

「喂，五河同學，可以占用你一點時間嗎？因為你還不到法定結婚年齡，所以我們先來壓血

印吧？可以到美術教室借把彫刻刀之類的工具。不用怕，因為我會盡量做到讓你不痛的地步。」

珠惠逐漸逼近眼前，喋喋不休地說道。士道發出慘叫聲。

「啊——再繼續下去也只會徒增不必要的麻煩。反正目的已經達成，趕快道歉逃跑吧。」

士道嚥了一口口水，下定決心說道：

「對……對不起！我果然還沒有那方面的覺悟……！請妳當作沒這回事……！」

士道一邊喊叫一邊逃跑。

「啊！五……五河同學！」

背後傳來珠惠的聲音，五河拚命奔跑。

「哎呀，真是一名有個性的老師啊。」

士道耳邊聽見了琴里的悠哉笑聲。他一邊跑一邊大聲喊叫：

「開什麼玩笑……！居然這麼悠哉——」

就在說出這句話的瞬間……

「什……！」

「…………！」

由於將專注力都放在耳機上，士道撞上從轉角處走過來的學生，跌倒在地上。

「痛痛痛……抱……抱歉。有受傷嗎？」

他一邊說話一邊起身。然後……

「咦……！」

士道突然感受到心臟揪在一起的感覺。若要說為什麼的話，原因就是眼前的學生正是那位鳶一折紙小姐。

而且不僅僅如此。或許是跌倒時屁股著地的緣故，折紙此時剛好面對著士道的方向呈現M字腿的姿勢……是白色的。

他下意識地挪開視線。不過，折紙的模樣看起來不慌不忙……

「我沒事。」

她說完後，站起來。

「怎麼了嗎？」

接著，折紙向士道提出問題。

不過，似乎並不是在詢問士道為什麼要在走廊奔跑這件事情。正確來說——沒錯，士道現在正低垂著臉，用手扶住額頭。折紙的問題應該是針對這件事情吧。

「……不，別在意。只是因為遇見了原本以為鐵定不會發生的情況，所以太過震驚了……」

連最後的防線都被攻陷了。恐怕這就是〈拉塔托斯克〉的模擬能力。綜合種種因素來看，或許該說那款遊戲其實設計得很好。

「是嗎。」

折紙只說了這句話，然後就往走廊走去。

然後，就在這個瞬間。右耳響起琴里的聲音。

「——這是個好機會唷，士道。利用她來做訓練吧。」

「啊……啊？」

「範圍不應該只局限於老師，我們也希望掌握同年齡女生的情報吶。而且，雖然對方不是精靈，卻也是ＡＳＴ成員。應該可以成為有用的參考資料。而且依我來看，她應該也是屬於不會到處亂講話的類型吧？」

「妳這傢伙……開什麼玩笑呀……？」

「你想跟精靈對談吧？」

「……！」

士道屏住呼吸，咬了咬下唇。

下定決心後，他對著折紙的背影說：

「鳶……鳶一。」

「什麼事？」

折紙在猶如正在等待對方出聲搭話般的時間點上轉過頭來。

雖然感到有點詫異，不過士道還是調整著呼吸開口說話。因為經歷過與珠惠交談的狀況，所以現在的心跳比剛才平靜許多。沒錯，只要小心不要說得太過火就行了、不要說得太過火。

「那件衣服，好可愛呀。」

「這是制服。」

「……說得也是吶～」

「為什麼會選擇制服呢？你這隻蟻獅！」

明明只是說出昆蟲的名稱，卻讓人有被痛罵的錯覺。真是不可思議！

──「因為跟老師對話時有成功嘛……！」士道藉由輕輕搖頭的舉動透露這個訊息。

「……需要幫忙嗎？」

或許是等到不耐煩了，令音再次伸出援手。

即使感到不安，但也缺乏獨自一人與對方繼續談話的自信。士道輕輕點頭。

他開始依照右耳所聽見的台詞說話。

「那個，鳶一。」

「什麼事？」

「事實上……我從以前就知道有關鳶一的事情了。」

「是嗎。」

聲音聽起來冷淡，但是接下來折紙卻說出讓人難以置信的話。

「我也知道你的事情。」

「——————！」

儘管內心感到震驚不已，仍然不能出聲。如果說出令音指示以外的台詞，目前的進度很有可能會因此而一口氣崩潰。

「——這樣啊。我好高興……因此，當我知道二年級能夠同班時，我真的感到非常高興。在這個禮拜裡，我在上課中都一直盯著妳看。」

即使內心想著「嗚哇！我真噁心！這根本就是偷窺狂吧！」不過士道還是將那種台詞說出口了。

「是嗎。」

但是……

「我也一直看著你。」

折紙直視著士道如此說道。

「……！」

咕嚕一聲，士道嚥下一口口水。事實上，因為難為情的緣故，他在上課中根本沒有往折紙的方向看過一眼。

士道努力壓抑著激烈跳動的心臟，就這樣將傳進耳裡的台詞直接說出口。

「真的嗎？啊，但是我不僅僅只是如此而已，我曾經在放學後的教室裡拿著鳶一的體操服聞味道唷。」

「是嗎。」

原本以為這句話會引起對方的反感，沒想到折紙的表情還是沒有任何改變。

不過……

「我也會做這種事情。」

「…………！」

——會做這種事情？哪一種事情啊！應該是聞自己的衣服吧？拜託妳回答「你說得沒錯」吧！

士道的臉上布滿涔涔汗水。

話說回來，琴里與令音不會覺得這種台詞很奇怪嗎？

但是，事以至此，腦袋已經亂成一團的士道根本不可能靠自己的力量繼續與對方交談。

「——是嗎，看來我們很合得來。」

「合得來。」

「因此，如果可以的話，可以請妳與我交往嗎——不管怎麼說，這樣的進展也太突然了吧！」

訓練什麼的都無所謂了。士道終於按捺不住地朝著後方轉頭，大叫出聲。

從折紙的角度來看，對方是個擅自告白卻又誇張吐嘈自己的奇怪男人。

「……不，我沒想到你真的會直接說出那種話。」

「叫我直接說出那種話的人不就是妳嗎！」

說完抱怨後，士道立即轉過身來面對折紙。

折紙如同往常般面無表情……表面上看起來如此，但是不知道是不是自己眼花了，與之前相比，折紙看起來似乎稍微……真的只有稍微地睜大了眼睛。

「啊，那個……該怎麼說……抱歉，剛剛其實是──」

「可以。」

「…………………………啊？」

隔了一會兒士道才發出聲音。他的眼神呆滯、嘴巴無力地張開，手腳也失去了力氣。簡單來說，他全身都嚇呆了。

──有一點……搞不清楚對方的意思。剛剛這名少女說了什麼？

「什……什麼？」

「我說『可以』。」

「什……什什什什什什什麼東西可以？」

「我可以跟你交往。」

「…………！」

士道臉上冒出大量汗水。他用手扶住頭的側部，喃喃自語地說：「冷靜一點、冷靜一點。」

無法思考。正常來說這種事情是不可能會發生的。因為，與自己沒說過幾次話的男生突然提出交往要求，應該沒有女生會說ＯＫ的吧？

……不，雖然不能說是完全不可能，但是士道完全沒有料想到折紙會這樣回答。

——不，等等。士道的眉毛抽動了一下。該不會折紙誤會了些什麼吧？

「啊，啊啊……妳的意思應該是可以陪我到別的地方吧？（註：日文的交往，有陪伴之雙重意義）」

「…………？」

折紙微微歪頭。

「是那個意思嗎？」

「咦？啊，不……呃，鳶一認為是什麼意思……？」

「我認為那句話是男女交往的意思。」

「…………！」

猶如五雷轟頂般，士道全身打了個哆嗦。

該怎麼說呢？總覺得從折紙的口中說出「男女交往」這件事情，會讓人產生一股背德感。

「不是嗎？」

「不，沒有錯……但是……」

「是嗎。」

折紙一臉若無其事地表示贊同。

下一瞬間，士道就徹底後悔了。

——為什麼？為什麼要說「沒有錯」啊！如果是現在、如果是現在的話應該還來得及告訴對方這只是一場誤會啊！

然後……

嗚嗚嗚嗚嗚嗚嗚嗚嗚嗚嗚嗚嗚嗚嗚嗚嗚嗚嗚嗚——

「!?」

毫無任何預警，警報器的聲音在瞬間響遍四周。

幾乎就在同時，折紙微微抬起頭。

「——我有急事，下次見。」

說完後便轉身奔跑在走廊上。

「喂……喂——」

這一次，即使士道出聲搭話，折紙也沒有停下腳步。

「該……該怎麼辦才好？這種情形……」

隔沒多久，透過耳機聽見了說話聲。

「士道，是空間震。暫時先往〈佛拉克西納斯〉移動吧。快點回來。」

「果……果然是精靈嗎……？」

士道如此問道。琴里頓了一會兒才繼續說話：

「沒錯。而且現身預測地點是——來禪高中唷。」

◇

時間是下午五點二十分。

不讓開始避難的學生們發現，三人回到漂浮在街道上空的〈佛拉克西納斯〉後，凝視著顯示在艦橋螢幕上的各種情報。

已經換穿軍服的琴里與令音偶爾會互相交談並且意味深長地點點頭。但是，老實說，士道根本看不懂畫面上的數據究竟代表什麼意思。

唯一理解的是——顯示在畫面右側的是以士道的高中為中心之街道地圖。

「原來如此啊。」

坐在艦長席上舔著加倍佳，同時與船員們交談的琴里，嘴角輕輕上揚。

「——士道。」

「什麼？」

「馬上就要輪到你上場了。要做好準備。」

「……！」

聽見琴里的話，士道全身僵硬。

不，其實他早就料到會有這一天，也已經有所覺悟。

但是，當這一刻實際來臨時，果然還是難以掩飾內心的緊張。

「——已經要派他上戰場了嗎？司令。」

站在艦長席旁邊的神無月凝視著螢幕，突然出聲說話。

「對手是精靈，一旦失敗就代表死亡。是否已經做好充分訓練咳咳！」

話才說到一半，琴里的拳頭已經打進神無月的胸口。

「居然敢質疑我的判斷，你變大膽了嘛！神無月。為了懲罰你，除非我允許，不然你都要給我用豬語說話。」
「噗，噗咿！」
似乎已經習以為常的樣子，神無月如此回應。
士道看著眼前的景象並且擦掉冒出的汗水。
「……不，琴里，我認為神無月說得有理……」
「哎呀，士道聽得懂豬語呀？不愧是豬男吶。」
「不……不要瞧不起豬喔！豬其實是很厲害的動物！」
「我知道呀。愛乾淨、力氣大，據說擁有比狗還要高的智商等。所以我才會抱持著最崇高的敬意，稱呼優秀的部下神無月，還有尊敬的哥哥士道為豬唷！豬！你這隻豬！」
「……嗚嗚！」
老實說，聽起來實在不像是敬稱。
但是，神無月的疑問與士道的不安都是合理的。琴里似乎也能理解這一點。
於是她舉起棒棒糖的棒子指著螢幕。
「士道，你很幸運。」
「咦……？」

循著琴里的視線，士道往螢幕的方向看過去。

上頭仍有看不懂的數字正在跳動，不過——與剛剛相比，可以看出右側的地圖變得不一樣了。

士道就讀的高中裡有一個紅色標誌，然後周圍顯示了幾個小小的黃色標誌。

「紅色的是精靈，黃色的是ＡＳＴ。」

「……所以，這有什麼好幸運的？」

「你看看ＡＳＴ。從剛剛開始就停止移動了，對吧？」

「啊啊……沒錯。」

「因為他們正在等待精靈跑到外面。」

「為什麼呢？他們不打算強行攻入嗎？」

士道歪著頭。然後琴里誇張地聳了聳肩。

「稍微思考一下再說話吧，真是丟臉。就連黏菌也明白這個道理。」

「為……為什麼嘛！」

「原本CR-Unit就不是以在狹小的室內進行戰鬥為目的而開發出來的裝備。即使有隨意領域，處於有許多障礙物、通道狹窄的建築物時，機動性確實會大幅下降，視野也會被遮蔽。」

一邊說話，琴里啪嘰一聲彈了個響指。彷彿在回應她的動作般，顯示在螢幕上的畫面切換成高中的實際畫面。

操場上有一個淺淺的缽狀凹洞，周圍道路與校舍也被整整齊齊地削掉一部分。簡直與前幾天士道所看見的景色一模一樣。

「在操場出現後，精靈似乎就進入半毀的校舍了。很難得能遇上如此幸運的機會。因為我們可以在沒有ＡＳＴ的干擾下與精靈接觸。」

「……原來如此。」

士道終於明白其中道理。

但是，發現琴里的說詞有點不對勁，他瞇起眼睛。

「……如果精靈像往常那樣出現在戶外，妳原本打算用什麼方法讓我與精靈接觸？」

「等待ＡＳＴ全部陣亡，或是直接扔進戰況激烈的戰場中吧。」

「…………」

與剛才相比，士道終於深～深～明白現在的狀況有多麼值得慶幸。

「嗯，那麼趕快出發吧——士道，你的耳機沒有拿下來吧？」

「啊，沒有。」

摸了一下右耳。耳朵確實還戴著剛剛使用過的耳機。

「很好。攝影機也會跟著你一起被傳送過去。如果情況危急的時候，就輕敲兩下耳機作為暗號。」

「嗯……了解。但是啊……」

士道半瞇起眼睛，看向琴里以及在艦橋下方的工作崗位待命的令音。

從訓練時的建言來看，她們其實是相當不可靠的支援人員。

從士道的表情察覺到大概的想法，琴里露出狂妄的笑容。

「放心吧，士道。〈佛拉克西納斯〉團隊裡還有許多值得信賴的人材。」

「是……是嗎？」

士道以狐疑的表情反問。琴里啪颯一聲地讓外套翩翩飛揚，站起身來。

「舉例來說，」

然後，指著艦橋下方的其中一名隊員。

「經歷過五段婚姻的戀愛大師——〈迅速進入倦怠期〉川越！」

「不，那不就代表著他離過四次婚了嗎？」

「深受夜店的菲律賓人歡迎並且引以為傲的〈社長〉幹本！」

「那完全是靠金錢的魅力吧？」

「情敵接二連三地發生不幸。凌晨兩點的女性——〈詛咒娃娃〉椎崎。」

「那一定是因為她下詛咒的緣故吧！」

「擁有一百位新娘的男性——〈穿越次元者〉中津川！」

「是正常的三次元新娘嗎？」

「因為愛得太深，現在被法律限制不准靠近心上人半徑五百公尺以內的女性——〈保護觀察處分〉箕輪！」

「為什麼都是這種人啊！」

「……每一位，都確實擁有足以勝任船員一職的本領。」

從艦橋的下方傳來令音的模糊聲音。

「就……就算妳這麼說……」

「好了，快點出發吧。萬一精靈跑到外面，ＡＳＴ就會聚集過來囉！」

琴里瞄準正在抱怨的士道屁股，砰一聲用力地踢了過去。

「……痛！妳……妳這個傢伙……」

「不用擔心。如果是士道，即使死過一次也能立即重生唷！」

「別開玩笑了！妳以為我是哪裡的水管工人嗎？」

「媽媽咪呀。懷疑妹妹所言的哥哥可是會遭遇不幸唷。」

「我才不想被不聽哥哥話的妹妹這麼說。」

話裡混雜著嘆息，士道如此說道，不過依舊聽話地往艦橋門口走過去。

「Good Luck！」

「喔！」

士道對豎起大拇指的琴里稍稍舉起手作為回應。

心臟依舊劇烈跳動著——但是絕對不能錯失這次機會。

打敗對方、讓對方陷入愛河、拯救世界等。

腦海中完全沒有這些不知天高地厚的念頭。

只是——想和那名少女再說一次話。

設置在〈佛拉克西納斯〉下方的傳送機使用了顯示裝置技術，是一種只要直線距離上沒有任何障礙物就能在瞬間傳送、回收物質的設備。

雖然一開始會產生猶如暈船般的不適感，但是只要多使用幾次就能漸漸習慣。

確認眼前的景物在瞬間從〈佛拉克西納斯〉轉換成昏暗的高中後方之後，士道輕輕搖頭。

「好，首先先往校舍內——」

他才剛開口，卻又突然停止說話。

因為士道眼前的校舍牆壁猶如開玩笑般被削除得一乾二淨，校舍內部一覽無遺。

「現場看才知道情況這麼嚴重……」

「哎呀，剛好。你就從那裡進去吧。」

士道搔著臉頰低聲說了一句：「……知道了。」然後進入校舍。如果不快點的話，精靈也許會跑到外面，而且在那之前，士道很有可能會被ＡＳＴ發現並且被他們強行「保護」。

「好了，動作快一點！我會幫你導航。從那裡走樓梯爬上三樓，精靈的反應就出現在從自己位置數過去的第四間教室裡。」

「知道了……！」

士道做了一個深呼吸後，爬上附近的樓梯。

然後，在一分鐘之內抵達指定的教室前面。

門是關著的，所以無法察看裡面的情況。不過，只要一想到精靈在裡面，心臟就會自然而然地如同打鼓般怦怦跳。

「所以——這裡是二年四班。不就是我的班級嗎？」

「哎呀，是嗎？很好呀。雖然說不上是占了地利優勢，不過至少比完全陌生的場所來得好吧？」

琴里如此說道。事實上，自己升上二年級的時間才過了幾天而已，所以對於環境並沒有非常熟悉。

總之，必須在精靈失去耐性前與她接觸。

「……嗨，妳好。怎麼了？妳為什麼會在這種地方呢？」
士道用微小的音量，反覆練習開場說詞。
下定決心後，他打開教室的門。
教室被夕陽染成一片紅色的景象印入眼簾。
「————」
瞬間——
在腦袋中事先準備好的那些膚淺說詞全在此時煙消雲散。
「啊————」
從教室前方數來第四排、窗戶數來第二排的位置——也就是士道的桌子上，有一名穿著不可思議禮服的黑髮少女，以屈起單膝的姿勢坐在那上面。
散發著夢幻光輝的眼睛憂鬱地半睜著，出神地凝視著黑板。
上半身沐浴在夕陽中的少女，擁有幾乎能在瞬間奪取觀看者思考能力的神祕感。
但是，過沒多久，那近乎完美的一幕立即崩壞。
「————嗯？」
少女察覺到士道的闖入，睜大雙眼往這裡看過來。
「妳……妳好……！」

然後，就在士道準備盡力保持鎮定並且舉起手的那一瞬間……

——咻！

少女毫不費力地輕輕揮手，緊接著出現一道黑色光線掠過士道的臉頰。

片刻之後，原本士道還將手靠在上頭的教室的門，以及位於後方的走廊玻璃全都發出巨響然後應聲破碎。

「咿……！」

由於事出突然，士道瞬間呆愣在原地。摸了一下臉頰，發現臉上流出少量鮮血。

但是，現在不能一直呆站在原地。

「士道！」

琴里的聲音震痛耳膜。

少女露出憂鬱神情，將手臂高高舉起。手掌心上出現一個猶如光線聚集物的圓形物體，正綻放著黑色光芒。

「等……！」

比大叫出聲還早一步，士道連滾帶爬地躲到牆壁後頭。

瞬間之後，光線洪流穿過剛剛士道的所在位置，輕而易舉地沖壞校舍的外牆，然後往外延伸而去。

在那之後，又連續放出好幾次黑色光線。
「等……等一下！我不是敵人！」
士道從通風變得十分良好的走廊大叫出聲。
然後，少女似乎是聽見他的話了，終於停止發射光線的舉動。
「……我可……可以進去嗎……？」
「依我來看，對方應該沒有戰鬥的意願。如果她真的想攻擊，應該可以輕而易舉地將你連同牆壁一起吹飛——不過如果一直拖延時間反而會引起精靈不悅，這樣也不是辦法。行動吧！」
聽見士道猶如自言自語的呢喃聲後，琴里如此回答。攝影機恐怕已經進入教室了吧。
嚥下一口口水，士道站到已經失去門扉的教室入口前。
「…………」
少女目不轉睛地看著士道。雖然沒有做出攻擊的舉動，但是對方的視線卻充滿猜忌與警戒。
「首……首先請妳先冷靜下來——」
為了表示自己沒有任何敵意，士道以舉起雙手的姿勢踏入教室。
但是……
「——站住。」
就在少女發出嚴肅聲音的同時——啪咻！一道光線燒毀士道腳邊的地板。士道慌慌張張地停止所有動作。

「……！」

猶如將士道從頭到腳舔噬過一遍般，少女的視線在士道身上轉了一圈，然後開口說話：

「你是誰？」

「……啊啊，我是——」

「等一下！」

正當士道準備回答時，不知何故琴里突然下達暫停的指示。

現在，〈佛拉克西納斯〉艦橋的螢幕上正以特寫方式播放穿著光之禮服少女的畫面。

少女以滿懷敵意的眼神裝飾可愛容貌，並一直瞪著攝影機的右側——也就是士道的方向。

然後，以「好感度」為首，在她的周圍配置了許多各式各樣的數據表。那些數字是令音使用顯現裝置進行分析、數據化後的產物，主要是用來表示少女的精神狀態。

順帶一提，〈佛拉克西納斯〉所搭載的ＡＩ能同步將兩人的對話製作成字幕，顯示在畫面的下方。

乍看之下，與士道在訓練時所使用的遊戲畫面相當雷同。

精心挑選出來的船員們全都以非常認真的表情，凝視著大型螢幕所播放出來的少女遊戲畫面。

構成充滿超現實氛圍的景象。

然後——琴里挑起眉毛。

「你是誰？」

就在精靈對士道發問的瞬間，畫面開始閃爍，艦橋響起警報器的聲音。

「這……這是——」

在其中一名船員驚慌失措地發出叫聲的同時，畫面中央跳出一個視窗。

①「我的名字叫做五河士道。我是來救妳的！」

②「我只是順道經過的一般人。拜託妳停止攻擊，不要殺我。」

③「在問別人名字之前，先自己報上名來吧。」

「選擇題——」

琴里豎起糖果棒。

〈佛拉克西納斯〉的ＡＩ會與令音所操作的分析用顯示裝置產生連動，能觀測精靈的心跳和微弱的腦波等變化，瞬間在畫面顯示出應對模式。

這種顯示方式只會在精靈的精神處於不安定狀態時出現。

也就是說，只要採取正確的應對方式，就能取悅精靈。

但是，如果失敗的話——

琴里立刻將麥克風放到嘴邊，制止剛要回答問題的士道。

「等一下！」

「——嗚？」

擴音器傳來士道屏住呼吸的聲音。一定是因為士道不明白琴里為何要阻止自己的緣故吧？

精靈不可能會無止境地等待下去。琴里面向船員們開始說話。

「選一個自己認為正確的答案！五秒以內選完！」

船員們動作一致地操作手中的控制器。那項結果很快地就出現在琴里手裡的螢幕上。

最多人選的選項是——③號。

「——看來各位與我的意見相同吶。」

琴里說完後，船員們同時點頭。

「①在乍看之下似乎是最好的選擇，但是在對方懷疑自己是敵人的場合說出這種台詞，只會讓自己變得更加可疑吧。而且還會使人感到有點厭煩。」

站得直挺挺的神無月說：

「……可以先淘汰②選項。就算真的可以逃出這個地方，兩人的關係也就到此結束了。」

接著，從艦橋下方傳來令音的聲音。

好感度
心情
冷漠度
害羞度
坦率度
士道
「……啊啊，我是——」

「沒錯。關於這一點，③似乎比較合理，而且如果情況順利的話，也許有機會掌握到對話的主導權。」

琴里輕輕點頭，再次拿起麥克風。

「……喂、喂，到底怎麼了……」

在少女銳利眼神的注視下，被阻止發言的士道佇立在尷尬的氛圍中。

「……我再問一次，你究竟是誰？」

少女不耐煩地說道，眼神也變得更加銳利。

然後，就在這個瞬間，士道的右耳終於聽見琴里的聲音。

「士道。聽得到嗎？接下來按照我說的話回答。」

「好……好的。」

「——在問別人名字之前，先自己報上名來吧。」

「——在問別人名字之前，先自己報上名來吧……呃？」

脫口而出後，士道的臉色鐵青。

「妳……妳怎麼要我說這種話啊……！」

但是，已經太遲了。才剛剛聽完士道的回答，少女的臉就扭曲成不悅的神情。這一次，少女舉起雙手做出一個光球。

「咿……！」

士道慌慌張張地踏了一下地板往右側滾過去。

瞬間，黑色光球被投向士道原本站立的地方。地板、二樓與一樓出現一個猶如被貫穿的大窟窿。

順帶一提，士道在那個瞬間被衝擊波吹飛，規模盛大地連同周圍的桌椅堆一起被摔到教室的另一端。

「……嗚啊……」

「咦，真是奇怪啊。」

「一點都不奇怪……妳想殺了我嗎……」

對著打從心裡感到不可思議的琴里如此回答後，士道按著頭站起來。

然後——

「最後一次機會。如果再不回答，我將會判斷你是我的敵人。」

待在士道桌子上的少女如此說道。士道驚慌失措地立即開口：

「我……我是五河士道！是這裡的學生！我不想與妳為敵！」

「…………」

士道舉起雙手如此說道。少女露出懷疑的眼神，從士道的桌子走下來。

「——繼續待在原地。你現在位於我的可攻擊範圍內。」

「……！」

士道維持原本的姿勢點點頭，表示自己會遵照指示。

少女踩著緩慢的步伐漸漸靠近士道。

「……嗯？」

然後稍稍彎腰，凝視士道的臉一會兒後，挑起眉毛說了一聲：「嗯？」

「我之前似乎有見過你……？」

「啊……沒錯，這個月的——我記得是十日。在街道上。」

「哦哦。」

少女像是完全同意般輕輕拍了一下手，然後就恢復原本的姿勢。

「我想起來了。你就是那個說了一些莫名其妙的話的傢伙。」

看見少女的眼神減少了幾分凶狠，士道的緊張情緒也在瞬間獲得舒緩。

但是……

「咦……！」

瞬間後，少女抓住士道的瀏海強迫他抬起頭。

彷彿要窺探士道眼睛的最深處般，少女歪著頭，視線緊盯著士道不放。

「我記得你說過你不打算殺我？哼——居然耍弄這種一眼就能看穿的花招。快說！你的目的是什麼？你是不是打算等到我失去戒心後再從背後偷襲我？」

「…………！」

士道微微皺眉，用力咬著臼齒。

令士道深感介意的並不是對於少女的恐懼等東西。

關於士道所說的話——「我不是來殺妳的」，少女根本一點兒都不相信這句台詞。

這表示少女正處於無法信任他人的環境中。

讓人難以承受的痛心感覺。

「——人類……」

士道下意識地出聲說話。

「並不是……所有人類都想殺掉妳。」

「…………」

少女睜大眼睛，收回原本抓住士道頭髮的手。

接下來，少女以疑惑的眼神凝視著士道的臉，片刻之後，才輕啓雙唇道：

「……是嗎？」

「啊啊，沒錯。」

「我所見過的人類全都說我非死不可。」

「沒有……這回事。」

「…………」

少女沒有回答，雙手繞到背後。

她半瞇起眼睛、緊閉嘴巴——再次露出不信任士道所言的表情。

「……那麼我問你。如果你沒有要殺我的話，為什麼會出現在這裡？」

「那是因為——那個……」

「士道。」

就在士道不知該如何回答的時候，右耳傳來琴里的聲音。

「——又是選擇題啊。」

琴里舔了舔嘴唇，看著顯示在螢幕中央的選項。

①**「當然是因為想要見妳一面啊。」**

②**「那種事情怎樣都無所謂吧。」**

③**「這是巧合啦，巧合！」**

集結每一位船員意見的結果立刻顯示在手上的螢幕。最多人選擇的答案是①。

「哎呀，從剛剛的反應來看，應該不能選②——士道，總之先選擇最安全的回答吧。就說你來這裡是為了見她一面。」

琴里對著麥克風如此說道。然後，螢幕中的士道一邊站起來一邊開口說話。

「為……為了見妳一面。」

「……？」

少女的臉上浮現訝異的神情。

「見我？為什麼？」

就在少女歪著頭提出問題的瞬間，畫面再次出現選項。

①「我對妳有興趣。」

②「為了與妳相愛。」

③「我有事情要問妳。」

「嗯……該怎麼辦呢？」

琴里用手輕輕摸著下巴。然後，回答②的統計結果匯集在手中的螢幕。

「這個時候應該直接一點啊，司令！要展現自己的男子氣概才行！」

「如果不說清楚，這個女孩是不會懂的！」

從艦橋下方傳來船員們的聲音。

琴里頻頻發出「嗯、嗯」的聲音表示贊同，然後將雙腳重疊翹起。

「那好吧。如果選①或③，應該又會被問問題吧——士道。答案是『為了與妳相愛』唷。」

面對麥特風下達指令。瞬間，士道的肩膀顫抖了一下。

「啊……那個啊……」

接收到琴里的指令，士道變得語無倫次，目光也開始游移不定。

「怎麼了？說不出來嗎？這代表你出現在我身邊是毫無理由的？還是說——」

少女的眼睛再次透露出凶狠的目光。士道慌慌張張地一邊揮手一邊說話：

「我…我是……為了與妳相……愛？」

「…………」

士道說完的瞬間，少女將手擺成手刀的姿勢後橫向揮出去。

一瞬間，一道風刃掠過士道頭頂的正上方——劈開教室的牆壁後繼續飛往外頭。士道的數根頭髮在半途中被切斷，飛舞在風中。

「嗚啊……！」

「……不要開玩笑。」

露出相當憂鬱的神情，少女低聲呢喃。

「…………！」

士道嚥下口水。

剛才感受到的恐懼在瞬間消失，心臟開始劇烈跳動。

——啊啊，對了，就是這個表情。

士道最討厭的，這個表情。

絲毫不認為會有人關愛自己，對於這個世界感到絕望的表情。

士道下意識地開口說話：

「我……我是為了跟妳說話……所以才來到這裡。」

士道如此說道——彷彿不明白這句話的意思，少女皺起眉頭。

「……什麼意思？」

「就是妳聽到的那個意思。我想，和妳，說話。不管談論哪種內容都可以。如果不喜歡的話也可以無視我的請求。但是，請妳明白一件事。我——」

「士道，冷靜一點。」

琴里像是勸諫般地如此說道。但是，士道卻沒有停止。

因為，到目前為止，完全沒有人對這名少女伸出援助之手。

或許只需要一句話，就能改變整個情況。但是少女的身邊卻沒有能對她說出這句話的人。
士道擁有父親、母親，還有琴里的陪伴。
但是，她卻是孤單一人。
既然如此——那就由士道告來告訴她。
「我——不會，否定妳。」
咚一聲，士道站穩腳步，然後一字一句地清楚說道。
「…………！」
少女皺著眉，將視線從士道身上移開。
然後，經過短暫的沉默後，少女輕啟雙唇：
「……士道。你說你叫做士道吧？」
「——沒錯。」
「你真的不會否定我嗎？」
「真的。」
「真的真的嗎？」
「真的真的。」
「真的真的真的嗎？」

「真的真的真的。」

士道毫無遲疑地馬上回答。接著，少女撥撥頭髮，發出類似吸鼻子般的聲音，再次轉過頭來。

「——哼。」

露出皺眉撇嘴的表情，抱起雙臂。

「我才不會被那種話欺騙呢！笨～蛋！笨～蛋！」

「所以，我——」

「……但是呢，那個……」

少女露出複雜表情繼續說道：

「雖然我不知道你打著什麼鬼主意，不過，你是第一個想要認真與我交談的人類……所以我就稍微利用你來獲得這個世界的情報吧。」

說完後，少女再次哼了一聲。

「……什……什麼？」

「我剛剛說我沒有跟人類說過話。沒錯，我只是為了獲取情報而已。嗯，重要。情報十分重要。」

少女說話的時候——雖然只有一點點，不過少女的表情似乎變得較為柔和了。

「是……是嗎……」

士道搔了搔臉頰，如此回應。

這……總而言之，第一次接觸算是成功了吧？

就在士道感到困惑的時候，右耳傳來琴里的聲音。

「──做得很好。就這樣繼續下去。」

「啊，好……」

然後，少女邁開大步，開始慢慢地查看教室外圍。

「不過，如果你敢做出可疑的舉動，我就會在你的身上挖出一個大洞。」

「……ＯＫ，我明白了。」

少女一邊聽著士道的回答，一邊在教室裡緩緩走動。

「士道。」

「什……什麼？」

「──我問你。這裡到底是什麼地方？我從來沒看過這種地方。」

說完後，少女一邊行走，一邊來回撫摸沒倒下的桌子。

「咦……啊啊，這裡是學校──教室，哎，就是像我這種年紀的學生們學習的地方。坐在那個位置上，像這樣。」

「什麼？」

少女驚訝地睜大雙眼。

「這些桌子全都有人坐嗎？別開玩笑了。有將近四十幾張呢。」

「不，是真的喔。」

士道一邊說話，一邊搔了搔臉頰。

少女只要一現身，街道上就會響起緊急避難的警報聲。所以少女見過的人類應該只有AST而已吧。所以人數應該沒有這麼多。

「喂——」

原本打算呼喚少女的名字——士道話說到一半卻哽在喉嚨裡。

「嗯？」

似乎是察覺到士道的異樣，少女皺起眉頭。

然後，將手抵住下巴沉思了一會兒之後……

「……對了，如果出現交談的對象，那就有必要了。」

點點頭。

「士道——你想怎麼稱呼我？」

靠在旁邊的桌子上，少女如此說道。

「……啊？」

不明白那句話的意思，士道反問少女。

少女抱起雙臂，以高傲的口氣繼續說：

「幫我取個名字。」

「…………」

經過片刻的沉默之後……

——責任重大啊啊啊啊啊啊啊啊啊啊啊啊啊啊啊啊啊啊啊啊啊啊啊啊！

士道在心中慘叫。

「我……我嗎？」

「沒錯。反正我只會跟你交談。不會有問題的。」

「嗚哇，又來一個重大難題呀。」

坐在艦長席的琴里搔了搔臉頰。

「……嗯，該怎麼回答呢？」

彷彿在附和琴里所說的話，位於艦橋下方的令音低聲說道。

雖然艦橋響起警報聲，但是螢幕卻沒有顯示任何選項。

因為光是以AI隨機組成名字，數量就會多到無法顯示在螢幕上吧？

「冷靜下來，士道。千萬不要一時著急就說出奇怪的名字唷。」

語畢，琴里站起來，朝著船員們大聲說話：

「全體人員注意！現在立刻思考她的名字，然後將結果傳送到我的終端機！」

她說完後，將視線移往螢幕上。已經有數名船員將名字的提案傳送過來。

「我看看……川越！美佐子不是你離婚太太的名字嗎！」

「對……對不起，因為我想不出其他名字……」

從司令室下方傳來充滿歉意的男性聲音。

「……真是的。其他還有……麗鐘？幹本，這個讀音要怎麼唸呀？」

「KURARABERU！」

「這一輩子都不准你生小孩！」

琴里用手指向大聲回話的船員。

「非常抱歉！我最大的孩子已經上小學了！」

「最大的孩子？」

「是的！我有三個小孩！」

「順便問一下，他們的名字是……？」

「從最大的孩子開始，依序是美空（註：發音為byuappuru，為beauty apple的縮寫發音）、振門體、聖良布夢！」

「限你一個星期內幫他們改名字，並且搬到學區外居住。」

「要做到這種地步嗎！」

「你要多想想被你取了怪名字的孩子們的心情呀！你這隻蝦虎魚！」

「沒問題的！因為現在的名字都是這種風格！」

「叩叩」，艦橋裡突然響起模糊聲響。

恐怕是士道用手指輕敲耳機所造成的聲音吧。

看向螢幕，發現少女環抱著雙臂，彷彿等到厭煩般，不停地用手指敲著手肘。

琴里快速地將畫面看過一次。沒有合適的意見。「唉」一聲，琴里大大嘆了口氣。

真是一群缺乏品味的部下們。琴里無奈地搖搖頭。

眺望著少女的美麗容貌。應該只有古典高尚而優雅的名字才配得上她吧。沒錯，例如——

「阿留！」

「阿留！妳的名字就叫做阿留！」

士道話說到一半，司令室內突然亮起紅燈，並且發出「嗶——嗶——」的尖銳聲音。

「出現藍色模式，是不高興的狀態！」

其中一名船員模樣慌張，以粗暴的語氣如此說道。
顯示在大螢幕上的好感度計量表在瞬間迅速降低。
順帶一提，畫面裡士道的腳邊，咚喀喀喀喀喀喀嗯！猶如機關槍般的小光球連續不斷地傾洩而下。
「嗚哇啊啊啊啊！」
「……琴里？」
令音的聲音裡充滿不解。
「咦？真是奇怪。我認為這是一個擁有古典風味的好名字呀。」
「……雖然不明白為什麼，不過我覺得自己好像被耍了。」
額頭上浮現血管，少女如此說道。
「抱……抱歉……等我一下……」
仔細想想，「阿留」根本不是個好名字啊。看著從地板冉冉升起的煙霧，士道一邊將身子縮成一團，一邊咒罵自己的思慮不周。雖然這麼說有點對不起全國的老婆婆們，不過現代的女孩實在不適合取這個名字。
話說回來，士道根本沒料想到一個剛見面沒多久的人，居然會要求自己幫她取名字。拚命地壓抑心跳，骨碌碌地轉著眼睛努力思考。但是，由於事出突然，士道根本想不到女孩子的名字。名字、名字、名字……認識的女性的名字掠過腦海而又消失不見。但是，已經沒有時間了。就在自己猶豫不決的時候，少女的臉色變得越來越難看。

「——十……十香！」

無計可施的士道說出這個名字。

「嗯？」

「妳……妳覺得……怎麼樣呢？」

「…………」

少女沉默了一會兒……

「哎呀，好吧。至少比阿留好。」

士道露出顯而易見而又倉皇失措的苦笑，抓了抓後腦杓。

不過……隨之而來的後悔卻重重壓在心頭。

因為兩人是在四月十日（註：十香的日文發音同四月十日）初次見面，所以才隨意取了這個名字。

「……我在搞什麼呀……」

「你剛剛說什麼？」

「啊！不，沒什麼……」

慌慌張張地揮手。少女雖然覺得有點莫名其妙，不過並沒有繼續追問。

緊接著，少女一步一步地走向士道身旁。

「所以——十香這兩個字該怎麼寫呢？」

「啊啊，要這樣寫——」

士道走到黑板前，拿起粉筆後寫下「十香」二字。

「嗯。」

少女輕哼一聲，模仿士道的舉動，用指尖在黑板上寫字。

「啊，這樣不對。要使用粉筆才能寫出字……」

士道話才說到一半就突然停住。因為少女手指碰觸過的部分都變成整齊漂亮的刮痕，黑板上出現歪歪扭扭的「十香」二字。

「什麼？」

「……不，沒什麼。」

「是嗎。」

少女如此說道。凝視著自己書寫的文字，過了一會兒才輕輕點頭。

「士道。」

「什……什麼事？」

「十香。」

「呃？」

「十香。這是我的名字。很好聽吧？」

「對……對呀……」

該怎麼說呢……從各方面來說，這都是一件會讓人感到害臊的事情啊。

士道稍微挪開視線，搔搔臉頰。

但是，少女──十香再次出聲說話。

「士道！」

……即使是士道也明白十香的意圖。

「十……十香……」

士道說出這個名字後，十香一臉滿足地揚起嘴角。

「……！」

心臟，怦通跳了一下。

這麼說來，自己似乎是第一次看見十香的笑容。

然後，就在此時……

「——咦……？」

突然，劇烈的爆炸聲震動整間校舍。

士道立刻扶住黑板穩住身子。

「發……發生什麼事……？」

「士道，趴到地板上！」

右耳傳來琴里的聲音。

「咦……？」

「先別管那麼多，快點！」

雖然一頭霧水，不過士道還是按照指示趴在地板上。

下一瞬間，響起「喀喀喀喀喀喀喀喀喀喀」的巨響，教室玻璃窗在同一時間破裂，而且對側牆壁也被刻下無數彈痕。猶如黑幫火拚的景象。

「這……這是什麼啊……！」

「似乎是來自外頭的攻擊。對方應該是想要逼迫精靈現身——啊啊，不過也有可能是打算摧毀校舍，讓精靈失去庇護的場所。」

「什……！怎麼可以做這麼亂來的事……」

「現在外頭有巫師災害重建部隊正在待命中。馬上就能將所有損壞修復，所以即使破壞個

一、兩次應該也無所謂——話雖如此，狀況還是出乎我預料之外。居然會採取強行進攻的戰略。」

然後，就在此時，士道抬起頭來。

十香露出與士道相處時完全不同的表情，視線緊盯著破爛窗戶外面。

當然，別說是子彈，就連玻璃碎片都沒有碰觸到十香。

但是，她的臉上卻出現痛苦扭曲的表情。

「——十香！」

不自覺地，士道呼喚了那個名字。

「……！」

十香突然回過神來，視線從外頭轉移到士道身上。

雖然還響著激烈槍聲，不過對於二年四班教室的攻擊總算暫時停歇。

士道一邊注意著外頭的情況，一邊站起身。然後，十香悲傷地低垂著雙眼。

「快逃吧，士道。如果你繼續跟我在一起，遲早會被同伴殺死的。」

「…………」

士道沉默不語地嚥了一口口水。

確實得儘快逃跑才行。但是——

「你現在有兩種選擇，逃跑或是留下來？」

耳邊傳來琴里的聲音。士道躊躇了一會兒之後……

「……都到了這種地步，怎麼能逃呢……」

壓低聲音如此說道。

「真是個笨蛋吶。」

「……隨妳怎麼說。」

「我是在稱讚你唷——給你一個好建議吧。如果不想死的話，就要盡量待在離精靈最近的地方。」

「……哦。」

士道將雙唇緊閉成一直線，然後一屁股坐在十香腳邊。

「啊——？」

十香睜大眼睛。

「你在做什麼？趕快——」

「我才不管那麼多……！現在應該是妳與我的對話時間啊。不要在意那種小事——妳想要獲得這個世界的情報吧？只要是我知道的，一定告訴妳。」

「……！」

十香在瞬間露出驚訝神情，然後在士道的正對面坐下來。

◇

「——————」

折紙身穿接線套裝，雙手握著巨大的格林機槍。

瞄準目標、扣下扳機，將全數子彈朝著校舍發射出去。

由於展開隨意領域的緣故，所以幾乎感受不到重量與反作用力。但是，那把槍其實是用來裝備在戰艦上的大口徑格林機槍。事實上，承受來自四面八方砲擊的校舍已經被轟到滿是窟窿，體積也漸漸減少。

話雖如此——那並不是搭載顯現裝置的對精靈裝備。只是用來單純破壞校舍、逼迫精靈現身的普通武器。

「——怎麼樣？精靈出現了嗎？」

透過耳麥裡內藏的通訊器聽見燎子的聲音。

雖然燎子就在折紙旁邊——不過在這樣的槍聲巨響中，根本聽不見普通音量的說話聲。

「還無法確認。」

沒有停止攻擊，折紙回答道。

折紙一邊親手發動射擊，一邊睜大眼睛瞪視著逐漸崩壞的校舍。

雖然位於普通情況下無法看見的遙遠距離，但是對於展開隨意領域的折紙而言，即使是張貼在校舍旁布告欄上的紙張，也能清楚看見上面的文字。

然後——折紙微微瞇起眼睛。

二年四班。折紙他們的教室。

因為折紙的攻擊，那裡的外牆已經完全崩塌——折紙看見目標物，也就是精靈的身影。

但是——

「……嗯？那是——」

燎子發出驚訝的聲音。

這也難怪。因為教室裡除了精靈之外，還有另一名看起來像是少年的人類——是來不及逃走的學生嗎？

「那……那是怎麼回事。精靈正在攻擊他嗎——？」

燎子皺著眉如此說道。

但是，折紙卻毫無反應，只是繼續凝視著教室。

與精靈在一起的那名少年的身影，看起來非常眼熟。

「————！」

折紙突然睜大眼睛。

因為，那名少年就是——折紙的同班同學——五河士道！

「折紙——？」

身旁的燎子驚訝地對她說話。

但是，折紙沒有回應，只是在腦海中下達指令。

向裝備在身上的顯現裝置下達高速機動性的指令。

「等等，折紙！」

「——危險。請避免獨斷獨行。」

或許是察覺到情況有異。燎子與來自本部的聯絡幾乎在同時間響起。

但是折紙並沒有停止行動。立刻丟棄原本拿在手上的格林機槍，拔出攜帶在腰間的近戰用對精靈光劍〈No Pain〉，然後往校舍飛過去。

◇

置身在被槍林彈雨摧殘過的教室中，與女子面對面說話。

……當然，這是未曾有過的體驗。

或許是因為十香的能力，大量的子彈避開兩人而後貫穿校舍。

話雖如此，在日常生活中根本沒有機會體驗到子彈從自己眼前迅速橫掠而過的滋味。覺得自己只要稍微移動身子就會有中彈的危險性，所以士道全身僵硬地繼續與對方交談。

對話的內容都是一些雞毛蒜皮的小事。

十香提出一些至今為止無法向別人詢問的事情，然後由士道回答。僅僅只是如此簡單的應答，十香卻浮現滿足的笑容。

然後，不知道談了多久之後——士道的耳邊傳來琴里的聲音。

「——數值漸漸穩定下來了。如果情況允許的話，你可以試著主動發問。我們想獲取精靈的情報。」

聽見這番話，士道稍微沉思了一下子，開口說道：

「喂——十香。」

「什麼？」

「妳……到底是何種存在？」

「嗯？」

聽見士道的質問，十香皺起眉頭。

「──不知道。」

「妳說…不知道……？」

「我說的是事實。我也沒辦法呀──不知道多久以前，我突然從那裡出生。我所知道的只有這件事情。所有記憶既扭曲又曖昧。連我都不知道自己到底是何種存在。」

「是……是這樣嗎……？」

士道搔著臉頰如此說道。十香嘆了一口氣，抱起雙臂。

「就是這樣。當我突然出生在這個世界的那一瞬間，那些機器人軍團就已經飛翔在天空中了。」

「機……機器人軍團……？」

「就是那些會發出砰砰砰吵雜聲音的人類們。」

她大概是在說ＡＳＴ吧。士道不自覺地露出苦笑。

然後，緊接著從耳機傳來猶如答對謎題時所播放的輕快電子音效。

「好機會，士道！」

「啊……？什麼？」

「精靈的好感度計量表已經超越七十了！如果想要更進一步發展的話，就要趁現在了！」

「更進一步發展……我應該怎麼做呢？」

「嗯～這個嘛。總之……試著對她提出約會的邀請吧？」
「什麼……！」
聽見琴里的話，士道不禁大叫出聲。
「嗯？怎麼了，士道？」
因為士道的聲音而做出回應，十香將視線挪到對方身上。
「嘖——！沒什麼，請不要介意！」
「…………」
即使急忙說出掩飾的話語，十香依舊以驚訝的眼神凝視著士道。
「快點約她呀！一鼓作氣提昇彼此之間的親密度。快點！」
「……就算妳這麼說……但是只要這傢伙走出去，AST就會……」
「所以才要這麼做。你得拜託她在下次現界時，必須逃進大型建築物裡。無論是水族館、電影院、百貨公司都可以。如果能進入地下設施更好。這樣一來，AST就無法直接進入了。」
「……唔，嗯嗯。」
「你從剛剛開始就在自言自語些什麼……！果然是在策劃如何殺掉我嗎？」
「不，不是不是！妳誤會了！」
士道慌慌張張地阻止眼露凶光、讓光球出現在指尖的十香。

「那麼快點說！你剛剛到底在說些什麼？」

「嗚……」

士道的臉頰滲出汗水，低聲嘟囔。然後，右耳傳來猶如嘲弄般的聲音。

「你看吧，快點認命吧！約會！約會！」

於是，或許是琴里煽動艦橋內的船員們，耳機的另一側響起像是遠雷般的約會團呼口號。

「約會！」

「約會！」

「約會！」

「啊～我知道了啦！」

士道發出認命的叫聲。

事實上，士道完全明白琴里的意思，也明白為下一個階段事先布局的重要性。但是……該怎麼說呢？哎，這實在有點難為情啊。

「那個……十香。」

「嗯？什麼？」

「那……那個……妳……下……下次要不要跟我……」

「嗯？」

「約……約會……呢？」
十香露出目瞪口呆的神情。
「什麼是約會？」
「這……這個嘛……」
總覺得相當難為情，士道移開視線，搔了搔臉頰。
然後，就在這個時候，右耳突然傳來琴里略為大聲的聲音。
「──士道！ＡＳＴ開始移動了！」
「什麼……！」
顧不得眼前的十香也會聽見，士道忍不住大叫出聲。
瞬間──不知從何時變成開放空間的教室外頭，出現折紙的身影。
「──！」
十香的表情在一瞬間變得嚴厲，接著在原地攤開手掌。
然後，過沒多久，讓拿在手上的粗獷機械出現光刃之後，折紙便開始攻擊十香。
足以與焊接現場比擬的火花四處飛散。
「嗚──」
「──不解風情！」

十香大喝一聲，以阻擋光刃的那隻手，連同折紙一起揮開。

「…………！」

微微咬緊牙關的折紙被吹飛到後方——但是，折紙立即調整姿勢，姿勢完美地降落在彈痕累累的地板上。

「嘖——又是妳嗎？」

輕輕甩了甩直接擋住刀刃的手，十香以唾棄的語氣如此說道。

折紙瞄了士道一眼，發出像是安心般的嘆息聲。

然後，隨即重新握緊不熟悉的武器，以冷淡的視線看向十香。

「…………」

看見這副景象的十香也稍微瞥了士道一眼，接著用後腳跟踏了一下自己腳下的地板。

「——〈鏖殺公〉！」

瞬間，從教室地板隆起之處出現一個王座。

「什……」

「士道，快點逃！暫時回到〈佛拉克西納斯〉來！盡可能離她們兩個人遠一點！」

就在士道呆愣在原地時，耳邊聽見琴里大叫的聲音。

「就算妳這麼說……」

然後，十香從椅背將劍拔出來，朝著折紙揮舞而去。

此時所產生的衝擊波輕而易舉地將士道的身體吹到校舍外面。

「嗚哇啊啊啊！」

「NICE！」

就在琴里的聲音響起的同時，士道的身體被一股無重力感包覆。

就在感受到不可思議的漂浮感的同時，士道也被收回到〈佛拉克西納斯〉裡。

第四章 突如其來的約會

「……這也難怪，正常來說應該都會停課……」

士道一邊搔著後腦杓，一邊走向從高中門口往外延伸的坡道。

今天是士道替精靈取名為「十香」的第二天。

如同往常一樣出門上學的士道在看見緊緊闔上的校門，以及化為瓦礫山堆的校舍之後，不禁為自己的愚蠢嘆了口氣。

虧自己還曾經待在校舍被破壞的現場，只要按照常理來判斷，應該很容易就能推測出今天會停課的事情啊……或許是因為那種景象過於超脫現實，所以才會下意識地與自己的日常生活做切割吧？

況且，也有可能是昨天一整個晚上，士道被迫一邊觀看與十香對話的影片一邊開檢討會議的緣故，所以才會因為睡眠不足導致判斷力下降吧？

「啊……乾脆去買點東西吧。」

嘆了一口氣，士道踏上與返家路途不同的道路。

如果沒記錯的話，雞蛋和牛奶都已經用完了，就這樣回去的話似乎不太妥當。

但是——才經過幾分鐘，士道再次停下腳步。

因為道路中豎立著禁止進入的告示牌。

「呃，禁止通行啊……」

但是，即使沒有擺放那種東西，還是能輕而易舉地看出那條道路已經無法通行。

因為鋪滿柏油的地面被挖得亂七八糟、圍牆崩壞、連商用住宅也倒塌了。猶如被戰爭肆虐過的景象。

「——啊啊，是這裡啊。」

士道記得這個地方。因為這裡就是初次與十香邂逅的那場空間震現場的角落。

重建部隊似乎還沒有處理。十天前的慘況還留在原地。

「………」

腦中浮現少女的身影，輕輕嘆氣。

——十香。

昨天才擁有自己的名字、被稱呼為精靈與災難的少女。

昨天試著與她進行比之前還要長時間的對談後——士道原先的預感已經轉變成確信。

那名少女確實擁有令人難以置信的強大力量。無怪乎政府機關要將她視為一種危險。

如此展現在士道眼前的這副慘狀就是最好的證據。確實不能對這種現象坐視不管。

「……道。」

但是，就在思索這些事情的同時，士道還是無法相信她會是那種濫用力量、毫無思慮與慈悲心的怪物。

「……喂……道。」

那名少女總是露出士道最厭惡的憂鬱神情。那是士道最難以忍受的事情。

「喂，士道！」

……哎呀，就是因為這些想法在腦海中不斷地轉來轉去，所以連一些理所當然的事情都無暇思考，等到自己察覺時，已經走到沒有開放的校門口前。

「……不准無視我！」

「──呃？」

視線的最遠處──禁止通行區域的對側傳來那句話，士道歪了歪頭。

冷冽到彷彿能斬風般的美麗聲音。

好像在哪裡聽過……具體來說，應該是昨天曾經在學校聽過的聲音。

……現在，在這種地方，聽到不可能會聽到的，那個聲音。

「呃，那是──」

一邊將自己的記憶與剛剛傳來的聲音做比對，一邊往那個方向集中視線。

然後，士道維持原本的姿勢呆愣在原地。

視線的前方。

身上穿著與街道極不相稱禮服的少女正蜷著身子趴在瓦礫山堆上。

「十──十香？」

沒錯，如果士道的腦袋與眼睛都沒出錯的話，那麼這名少女的的確確就是昨天與士道在學校相遇的精靈。

「終於發現了嗎？笨蛋～笨蛋～！」

幾乎要讓人背脊發涼般的美麗容貌上布滿不悅的神情。咚一聲，少女踏了一下瓦礫山堆，降落在勉強維持原貌的柏油路上，然後往士道的方向走過去。

「讓開！」

然後，或許是行進時受到阻礙的關係，十香踢倒標示著禁止進入的告示牌，來到士道眼前。

「妳……妳在做什麼啊？十香……」

「嗯？什麼做什麼？」

「妳為什麼會在這種地方……！」

士道邊喊叫邊看向後方。可以看見站著說話的太太們，或是牽狗散步的附近居民等。

沒有人前往避難所避難。也就是說，沒有發布空間震警報。

簡單來說，無論是〈拉塔托斯克〉或是ＡＳＴ都沒有偵測到精靈現界時的前震。

「你問我為什麼……」

不過，本人似乎完全沒有察覺任何異樣。彷彿真的不明白士道大叫的理由，十香抱起雙臂。

「是你主動約我的吧？士道。沒錯，說要約會什麼的。」

「什……！」

以滿不在乎的語氣說出這種話的十香，讓士道的肩膀顫抖了一下。

「妳……妳還記得啊……？」

「嗯？什麼呀，你在耍我嗎？」

「不，不是那樣的……」

「——哼，算了。士道，重要的是快點來約會吧。約會約會約會約會！」

十香以獨特的聲調連續喊了好幾聲約會、約會。

「我……我知道了！我已經聽懂了，所以不要再一直說出那個詞了！」

「嗯？為什麼……啊，士道，難道說你利用我不懂其中含意這點，教導一些讓人羞於啟齒的下流字詞嗎？」

十香羞紅了臉頰，皺起眉頭。

「才……才沒有才沒有！那是個非常健全的字詞啊！」
說完後，士道搔搔臉頰。稍微說了一點謊。其實根據說話者的不同，這個單字也有可能會引起不健全的情況。
然後，士道轉過身子避開那些令人不知所措的視線。
因為附近的太太們一邊竊笑，一邊以看笑話的眼神望向這裡。哎呀，不過那之中應該也混雜著對於十香的奇妙打扮感到奇怪的眼神吧。
「……嗯？」
十香似乎也察覺到那些視線了。躲藏在士道背後露出銳利眼神。
「……士道，那些傢伙是什麼人？敵人嗎？要殺掉嗎？」
「啊……什麼？」
十香毫無預警就說出口的危險發言，讓士道的肩膀顫抖了一下。
「不是不是不是，為什麼妳會這麼想呢！她們只是普通的大嬸啦！」
「士道，我才想問你到底在說什麼呢。那種炯炯有神的燦爛目光……簡直就跟猛獸沒兩樣。我當然會認定對方打算攻擊我……如果放置不管的話應該會演變成棘手的情況。我認為早點殺掉她們是最安全的做法。」
……哎呀，眼神確實在發光呢。不過，那主要是因為發現到新穎話題的緣故吧。

「放心吧。我說過了，只有少數的人類才會攻擊妳。」

「……嗯。」

儘管十香仍然維持高度的警戒心，但是總算收起想要立刻猛撲過去的氣勢。

「好吧。所以，那個叫作約會的東西——」

「我們先……先離開這個地方吧。好嗎？」

聽見十香毫不在意地繼續談論那個話題，士道匆匆忙忙地邁開步伐。

「嗯？喂，士道，你要去哪裡呀！」

十香立刻追趕過來。然後一邊與士道肩並肩地行走，一邊發出不滿的聲音。

士道帶領著十香走進人煙罕至的小巷後，才終於鬆了一口氣。

「終於冷靜下來了嗎？真是個古怪的傢伙，到底是怎麼一回事嘛。」

十香半眯起眼睛，以「真是受不了你」的模樣如此說道。

「十香……妳……昨天最後到底發生了什麼事情？」

雖然有許多想要詢問的問題，不過最後先說出口的是這個問題。

十香的表情透露出一絲失望的神情，開口說道：

「沒什麼，如同往常一樣。砍不到的刀劍朝我揮來、打不到的大砲對著我射擊——最後因為我的身體自然消失而劃下句點。」

「……自然消失？」

士道的心中充滿疑問。如此說來，琴里他們似乎也曾經提過這種說法。但是士道其實並不明白這究竟是怎麼回事。

「只是從這個世界移動到別的空間而已。」

「有……有這種事……那是個怎樣的地方呢？」

「我不清楚。」

「……啊？」

聽見十香的回答，士道皺起眉頭。

「因為當我移動到那裡的瞬間，就會自然而然地進入休眠狀態。勉強記得的只有輕飄飄浮在黑暗空間中的感覺——對我來說，那種感覺就像是睡著一般。」

「那麼，等妳睡醒後，就會出現在這個世界嗎？」

「稍微有點不同。」

十香搖搖頭，然後繼續說下去：

「說起來，其實這一切總是與我的意願無關。我會不定期地被吸引到這裡，無法隨意離去。哎呀，就像是被人強行喚醒般的感覺。」

「…………！」

士道屏住呼吸。

精靈現身在這個世界時會引起空間震——這是士道原本的認知。

但是，如果十香沒說謊的話——那就意味著現身在這個世界的事情也和精靈的意願無關。

如果真是這樣，那麼所謂的空間震不就真的只是種意外事故嗎？

——如果將那個問題的責任歸咎在十香，甚至於是精靈身上，怎麼想都不合情理。

然後，士道的腦海中閃過另外一個疑問。

對於十香剛剛的說詞，有一點讓士道感到很介意。

「……妳剛剛說『平時』？也就是說，今天是特例？」

「…………！」

十香的臉頰抽動了一下，撇著嘴看往斜上方。

「哼，不……不知道。」

「好好回答我的問題。妳的答案可能很重要。」

但是，士道依舊繼續追問。

這也難怪。若今天十香是依照自己的意願來到這個世界，或許那就是不會引起空間震的原因。

但是，不知為何，十香臉頰微微染上一抹櫻紅，突然露出嚴厲的眼神。

「你很囉唆耶！這個話題已經結束了。」

「不，但是——」

士道的話才說到一半，咚一聲，十香用單腳大力踏向地板。她踏過的柏油路面在一瞬間發出光芒，接著，從那裡流洩而出的放射狀光線往四處奔馳。

「嗚哇……！」

那些光線碰觸到士道的鞋子後，馬上發出啪嘰一聲散成火花。

「——好了，快點告訴我約會到底是什麼意思。」

十香以催促的語氣說道。

「……唔。」

聽見十香不容分說的語氣，無奈的士道只能沉默不語。如果再繼續追問下去，她可能又會像昨天那樣發射光線來攻擊自己。

士道嘟囔了一會兒後，終於開口說話：

「我想……應該是指男生與女生一起外出遊玩……」

「只有這樣？」

十香大失所望地睜大眼睛。

「是……是啊……」

十香的話讓士道覺得困擾不已。因為士道也沒有約會的經驗。雖然曾經在漫畫或連續劇上看過相關知識，但是也僅止於此。

不過，十香抱起手臂低聲呢喃。

「……也就是說，士道昨天的意思是想要跟我一起出去玩？」

「哎……對……應該可以這麼說……吧？」

被迫解釋自己說過的話，讓士道覺得害羞的程度也隨之變成兩倍。一邊難為情地搔著臉頰，一邊如此回答。

「是嗎。」

十香露出稍微開朗的神情點點頭，然後邁開大步打算走出巷子。

「喂、喂，十香——」

「怎麼了，士道？不是要去玩嗎？」

「可……可以嗎……？」

「不是你說想出去玩的嗎？」

「不……哎，妳說得沒錯，但是……」

「既然如此，那就快一點。不然我會改變心意唷。」

說完後，十香再次邁開步伐。

然後，士道在此時發現一個要命的大問題。
「十……十香！妳……妳穿那種衣服會有問題……！」
「什麼？」
士道說完後，十香一臉意外地睜大眼睛。
「你說我的靈裝哪裡有問題？這是我的鎧甲，亦是我的領地。不許你侮辱它！」
「這副打扮實在是太引人注目了啊……！而且還會被ＡＳＴ發現唷！」
「唔。」
或許是覺得麻煩，十香露出厭惡的表情。
「那麼，該怎麼辦呢？」
「呃，妳必須換套衣服才行。但是……」
士道的臉頰流下汗水。現在手邊沒有女性的衣服，如果要帶她到店裡購買的話，光是走到那裡的路程可能就會引起騷動。況且，士道的錢包也沒有充裕的現金。
就在士道煩惱的時候，十香著急地開口說話：
「怎樣的服裝才恰當？你只要告訴我這一點就可以了。」
「咦？啊……」
突然被問到「哪一種」，士道一時之間也想不出來。

然後，就在此時，視野角落處閃過一個眼熟的制服身影。

「啊……」

一名睡眼惺忪的陌生女學生剛好走在路上。恐怕是與士道一樣，因為某種理由而漏聽停課消息的學生吧。

「十香，那個。如果穿那種衣服的話，應該就不會有問題了。」

「嗯？」

十香朝著士道所指示的方向看過去，然後用手抵住下顎。

「嗯，原來如此。那個就可以了吧。」

說完後，十香豎起右手的食指與中指。

然後，將從手指尖出現的黑色光球瞄準女學生的方向。

「喂，妳打算做什麼！」

士道驚慌失措地拍掉十香的手。

就在那一瞬間，從十香手指釋放出去的光球掠過女學生的頭髮，打中後方的圍牆。咚一聲發出低沉的聲響，細小的碎片往四周飛散。

「咿……！」

女學生被這起突發事故嚇了一跳，眼睛轉來轉去地環顧四周。

「你在做什麼？你害我失手了。」

「什麼做什麼啊啊啊啊啊啊！這是我的台詞吧！」

「我只有打算讓她昏倒，再將衣服脫下來而已……」

十香歪著頭，彷彿在詢問「這有什麼問題嗎」。士道從胸口最深處吐出一大口嘆息，然後用手扶住額頭。

「聽好了，十香。不可以攻擊人類。那是不被允許的事情。」

「為什麼？」

「……妳也討厭被ＡＳＴ攻擊吧？聽好了，自己不喜歡的東西，千萬不要加諸在別人身上。」

「……唔。」

聽見士道這麼說，十香不服氣地嘟起嘴巴。

與其說是不贊同，不如說是對於彷彿在教導小孩子般的士道的說話方式感到不滿。

「…………我知道了。我會記得。」

十香維持著那個表情點頭答應。

接著，十香彷彿想到什麼事情，微微抬起頭來。

「——真沒辦法，那麼我自己想辦法做出一套衣服吧。」

說完這些話，她啪嘰一聲彈了一下手指。

然後，原本穿在身上的禮服隨即從邊緣開始消失在空氣中。

同時，周圍的光粒彷彿與其調換般緊緊纏繞在十香身上，最後構成別種款式的服裝。

數秒之後，與剛剛走在路上的女學生一樣，穿上來禪高中制服的十香佇立在眼前。

「啊……這……這是怎麼回事？」

「解除靈裝，重新構成新的服裝。因為只是看過的印象，所以細節或許會有些許不同。不過應該沒關係吧。」

得意地說出「哼哼」兩聲，十香抱起手臂如此說道。

「等一下，既然做得到，一開始就該選擇這個方法啊！」

士道大叫出聲。然後，十香揮了揮手，彷彿在說著「我知道了、我知道了」。

「那些事情不重要。重要的是，現在要去哪裡呢？」

「這……這個嘛──」

彷彿在尋求援助般，士道用手碰觸右耳。

然後，直到現在才注意到一件事情──現在的士道沒有戴上耳機。

當然，也沒有攝影機在身邊飛行。這也難怪。畢竟以琴里為首的所有〈佛拉克西納斯〉船員們，都沒有察覺十香的現界。

也就是說，現在完完全全是兩人獨處的情況。

士道突然覺得有點頭暈目眩。胃部因為壓力而開始發疼。儘管琴里與令音經常給予一些不像樣的建議，但是有她們在背後支援以及沒有支援的情況還是相差甚遠。

「怎麼了，士道？」

「……沒什麼。」

士道做了好幾次深呼吸後，拖著沉重的腳步開始行走。

然後，不一會兒工夫，十香開口說道：

「——士道。你走太快了，走慢一點。」

「啊，啊啊，抱歉……」

他被指責後，重新調整步調。

原本兩人的步幅大小就有差異，所以士道會走得比較快也是理所當然的事情。但是……該怎麼說，感覺真是不可思議。

這肯定就是所謂的「雙人並肩行走」吧。

對於從未與女孩子出去遊玩的士道而言，這種感覺相當新穎（順帶一提，總是碰碰跳跳地走在士道前面的琴里根本不足以作為參考）。

想到這裡——士道偷看了走在身邊的十香一眼。

待在身邊的人不是揮舞一刀就能斬天劈地的怪物，無論怎麼看都會覺得對方只是一名普通的女孩。

然後，他們穿過小徑來到各式店家櫛比鱗次的大馬路。就在此時，十香皺起眉頭，眼珠子轉呀轉地開始窺探四周的情況。

「什……什麼？居然有這麼多人。人海戰術嗎？」

似乎被與剛剛相比數量大相逕庭的人潮與車輛嚇了一跳。十香保持全面性的高度警戒，以憤怒的語氣如此說道。

順帶一提，雙手加起來總共十根手指頭上，都出現了小小的光球。士道立刻慌慌張張地阻止她的舉動。

「不對，不是妳想的那樣啦！這裡沒有人會奪取妳的性命！」

「……真的嗎？」

「真的。」

士道說完後，雖然十香仍然不敢大意地環顧四周，不過總算將光球消去。

然後——十香原本警戒的表情突然放鬆下來。

「嗯……？喂，士道。這是什麼香味？」

「……香味？」

士道閉起眼睛聞了聞周圍的味道。確實如同十香所言，四周飄散著一股香氣。

「啊啊，應該是那個吧。」

說完後，他指著右手邊的麵包店。

「哦哦？」

十香簡短回答後，便一直凝視著那個方向。

「……十香？」

「嗯，什麼事情？」

「要進去嗎？」

「…………」

士道如此詢問。十香動了動手指，將嘴角撇成「ㄟ」字形狀。然後在絕妙的時間點，咕嚕嚕嚕，她的肚子發出聲響。看來精靈似乎也會肚子餓。

「如果士道想進去的話，我是可以陪你進去。」

「……我想去。我超～想去的！」

「是嗎，真是拿你沒辦法呀！」

十香精神奕奕地說完後，大搖大擺地打開麵包店的門。

「…………」

躲在圍牆的遮蔽處，一直凝視著在麵包店前面交談的男女。折紙面不改色地輕聲嘆氣。

出門上學後才發現學校停課，折紙在無計可施的情況下折返回家。但是，在半途中，折紙卻看見士道與女學生走在路上的身影。

僅僅如此，就已經算是十分不尋常的事態了。彷彿是男方的戀人般，折紙鬼鬼祟祟地開始跟蹤兩人。

但是——後來卻出現一個更嚴重的問題。

折紙見過那名少女的容貌。

「——精靈。」

她輕聲地，喃喃自語。

沒錯。怪物、異常、摧毀世界的災難。

折紙他們必須殲滅的非人之物正穿著制服走在士道的身邊。

「…………」

但是，冷靜思考的話，會發現這根本是不可能的事情。

因為當精靈出現的時候，一定能觀測到被視為前兆、平時根本無法想像的劇烈前震。AST的觀測班應該不可能會出現疏失。

對。

但是，倘若真的發生那種事情，就會像昨天那樣響起空間震警報，而且折紙也會收到指令才對。

折紙從書包中取出手機，然後將手機打開。沒有接到任何聯絡。

既然如此，那就代表那名少女並非精靈，只是容貌相像的一般人而已吧。

「……不可能。」

靜靜地開口說道。折紙不可能會錯認精靈的容貌。

「…………」

折紙按下呈現開機狀態的手機按鈕，從電話簿裡選了一個號碼後開始撥號。

然後……

「──ＡＳＴ、鳶一折紙上士。Ａ－０６１３。」

簡單說出自己的身分與識別密碼後，立刻切入正題。

「派一台觀測機過來。」

◇

「啊，今音～如果妳不要那個的話，能不能給我～」

「……嗯，可以唷。拿去吧。」

琴里伸出叉子，刺向擺放在令音前方盤子上的覆盆子。然後慢慢地將覆盆子送進嘴裡，細細品嚐酸酸甜甜的味道。

「嗯～好好吃～為什麼令音不敢吃呢？」

「……因為很酸呀。」

說完後，令音輕啜一口添加許多砂糖的蘋果茶。

現在兩人的所在地是位於天宮大道的某家咖啡廳。

琴里繫著白色緞帶、身穿國中制服。令音則是淡色針織衫與牛仔褲的打扮。

今天琴里如同往常般前往國中上學。但是因為受到昨天那起空間震的波及，琴里所就讀的那所學校似乎也多多少少遭受到損壞，學校因此而停課。

總覺得就這樣回去，心情會變得很不愉快，所以琴里才會打電話約令音出來一起享用點心。

「……對了。趁著這個機會，我有事情想要問妳。」

然後，令音彷彿想起某件事情般開口說道。

「什麼？」

「……抱歉，只是一個很基本的問題。不過，琴里妳為什麼要選擇他作為與精靈交涉的人呢？」

「嗯～」

面對令音的詢問，琴里皺起眉頭。

「妳不會對任何人說吧？」

「……我發誓。」

令音以低沉的聲音如此說道，同時點了點頭。琴里確認後，點了點頭作為回應。村雨令音是名守口如瓶的女人。

「其實我和哥哥就像美少女遊戲中的設定一樣，彼此之間並沒有血緣關係。」

「……哦？」

令音不覺得有趣也不覺得驚訝，微微歪著頭。她迅速理解琴里所說的話後，只有表現出想要詢問「那與現在的話題有什麼關聯呢」的樣子。

「所以我才會這麼喜歡令音吶～」

「……？」

令音露出感到不可思議的神情。

「別在意……那麼，繼續剛剛的話題。那是發生在幾歲的事情呢？幾乎在我還不懂事的時候，被親生母親拋棄的哥哥似乎就被我們家收養了。因為那個時候我還太小，所以記得不是很清楚。不過，據說剛被領養的時候，哥哥的狀況似乎非常糟糕，甚至出現自殺傾向。」

「…………」
不知為何，令音的眉毛抽動了一下。
「怎麼了？」
「……沒事，繼續吧。」
「嗯。哎，這也是無可奈何的事呀～從那個年紀的小孩的角度來看，母親是絕對必要的存在。況且，對於哥哥而言，那相當於自己的存在被人完全否定般，是件相當嚴重的大事情——雖然大約一年後，那種狀態似乎就完全消失了～」
嘆了一口氣後，她繼續說道：
「從那之後吧，哥哥對於人類的絕望總會特別敏感。」
「……對於絕望？」
「嗯～例如覺得自己被別人全盤否定，或是認為絕對不會有人關愛自己等。哎呀，簡單來說，主要是因為與以前的自己非常相像。如果有人露出那種鬱鬱寡歡的神情，即使對方是陌生人，他也會毫不猶豫地黏過去。」
「所以……」琴里垂下雙眼。
「我只是認為有這個可能性——能夠精神抖擻地面對那一名精靈的人，應該就只有哥哥而已呀～」

琴里如此說道。令音說了一句「……原來如此」後，也垂下雙眼。

「……但是，我想問的並不是這種感性的答案呢。」

「…………」

聽見令音的話，琴里的眉毛抽動了一下。

「妳的意思是？」

「妳再繼續裝傻的話，我會感到很困擾。我想妳應該知道——他的真實身分究竟是什麼？」

令音是〈拉塔托斯克〉的最高分析官。只要操控特別製作的顯現裝置，除了物質組成，還能透過測量體溫分布與腦波的數據，大致看出人類感情的微妙變化。

——甚至於是那個人所潛藏的能力與特性。

「……！」

琴里嘆了一口氣。

「唉，當我將哥哥託付給令音的時候，就大約知道事情會演變到這個地步。」

「……啊啊，抱歉，我稍微分析了一下……因為我覺得很奇怪，居然沒有明確的理由就讓一般人參與這次作戰。」

「嗯，沒關係～反正大家遲早也會知道這件事情～」

就在傳來喀啦、喀啦的開門聲，以及店員說出「歡迎光臨」聲音的同時，琴里聳了聳肩。

然後，銜起插在手中杯子裡的吸管，將剩下的藍莓果汁一飲而盡。

接著——

「噗噗嗚嗚嗚嗚嗚！」

琴里看見一對看似剛剛才走進店裡的情侶走到令音背後的位置坐下來，突然用力地噴出原本含在口裡的果汁。

「…………」

看來那對情侶並沒有發現任何異樣之處，但是坐在琴里前面的令音卻深受其害。潑到了、潑濕了。簡單來說就是整張臉都變得濕答答。

「抱歉，令音……」

「……嗯。」

琴里壓低嗓子道歉。然後，令音一臉若無其事地從口袋裡拿出手帕來擦臉。

「……發生什麼事了，琴里？」

「嗯……因為我好像看到一件缺乏科學根據又不切實際的事情了。」

「……是什麼呢？」

彷彿在回應令音的問題般，琴里沉默不語地指向令音的後方。

「……？」

令音轉過頭後——忽然停住動作。

經過數秒後，將頭慢慢轉回原本的位置，喝了一口蘋果茶。

然後，「噗～」朝向琴里噴出蘋果茶。

「……嚇我一跳。」

不知為何，令音用北海道方言說出這句話。或許是因為連令音也動搖了。

這也難怪。因為琴里的哥哥——五河士道正與一名女孩子坐在令音身後。

而且，事情不僅如此。那名女孩子——就是被琴里他們稱為災難以及精靈的那名少女。

「咦咦咦……這到底是怎麼回事？」

琴里一邊使用令音遞給自己的手帕擦臉，一邊壓低聲音如此說道。

順帶一提，令音的手帕正中間印了一隻小熊。因為沾到藍莓果汁與蘋果茶汙漬的緣故而變得與人造機器人Kikaider非常相像。

查看從口袋裡找到的手機。沒有任何來自〈拉塔托斯克〉的聯絡。也就是說，沒有觀測到精靈現身時所引發的空間搖動。

但是，那個人確實是精靈——十香。如果還有其他人長得與那名美少女如此相像的話，那可就不得了了。

「也就是說，精靈有辦法在不被我們發覺的情況下現界？」

「……可能只是長得相似的其他人吧？」

聽見令音的話，琴里稍微沉思了一會兒。

但是又立刻左右搖頭。

「如果真是如此，那就代表哥哥正帶著普通的女孩子出來玩唷～與精靈默默現身的情況相比，若要選擇哪個比較不切實際的話……前者以些微差距獲勝吶～」

「……原來如此。」

相當惡毒的發言。但是令音卻毫不猶豫地點頭稱是。

「……不過，如此一來，事態可就嚴重了。小士有辦法獨自一人對付精靈嗎？」

「嗯……」

兩人將手撐在嘴邊，發出困擾的呻吟聲。然後，從令音的後方傳來兩人的對話聲。

「哦？只要在這本書裡挑選自己想吃的東西就可以了？」

「啊啊，沒錯。」

「黃豆粉麵包呢？沒有黃豆粉麵包嗎？」

「……不，這裡沒有賣喔。話說回來，妳不是在一開始的那間麵包店裡吃了很多份嗎？」

「我又想吃了嘛。那種粉末到底是什麼呢……這股強烈的上癮性……如果胡亂放任它存在於這個世間的話，可是會引起大問題唷……人們一定會出現禁斷症狀而顫抖不已，為了爭奪更多的黃豆粉而發動戰爭。」
「才不會。」
「唔，算了。來開拓新穎的口味吧。」
「是、是……但是我的錢不夠多，所以全部加起來的價錢要在三千圓以內喔。」
「嗯？什麼意思？」
「我的意思是因為妳隨便亂買東西大吃特吃，所以我已經沒錢了！」
「唔，真是小氣呀。既然如此也沒辦法了，你稍等一下吧。我去籌措一些現金回來。」
「等……等一下！妳想幹什麼！」
聽見這段對話，琴里嘆了一口氣。
從口袋裡取出黑色緞帶，將頭髮重綁。
琴里特有的人格轉換方式。如此一來，琴里便從士道的可愛妹妹轉變成司令官模式。
然後，打開手機接通〈拉塔托斯克〉的電話線路。
「……啊啊，是我。發生緊急事件了——宣布執行作戰代號F—08——『天宮的假期』計畫。以最快速度回到工作崗位。」
說完後，令音的臉抽動了一下。
等待琴里講完電話之後才出聲說道：

「……妳真的打算這麼做嗎，琴里？」

「沒錯。因為現在處於無法下達指示的狀況，所以這也是沒辦法的事呀。」

「……是嗎。從這個狀況來看——應該是C路徑吧……嗯，那麼我也開始行動吧。我會儘快與店家進行交涉。」

「拜託妳了。」

說完後，琴里從口袋裡拿出加倍佳含在嘴裡。

◇

「…………」

士道的視線在手中帳單上的數字，以及自己的錢包兩者之間來回移動，同時嘆了一口氣。雖然金額所剩無幾，不過勉勉強強還能付清帳款。

「好了，走吧，十香。」

「嗯，要走了嗎？」

十香睜大眼睛如此說道。士道催促似地站起身來。如果繼續待在這裡，就只剩下留下來洗盤子或是吃霸王餐這兩種選擇了。

士道走向收銀台，然後十香跟在後頭。沒有對周圍的客人展現不和善的敵意。似乎已經非常習慣人來人往的街道了。

總而言之，士道暫時鬆了一口氣，在收銀台上放了帳單還有相當於九成手頭現金的三張鈔票。

「請結帳。」

說完這句話後，當士道準備與站在收銀台裡面的店員對話時——

「……!?」

他大力地皺起眉頭，往後退了一步。

因為站在那裡的店員正是……

「……是，收您三千圓。」

曾經見過面、眼睛下方帶著明顯黑眼圈、總是滿臉睡意的一名女性。

「什……什什什什……」

「嗯?怎麼了，士道。敵人嗎?」

看見士道表現出非常顯而易見的驚慌失措，十香露出令人不寒而慄的表情轉頭面向士道。

「不，不是不是……」

他有氣無力地否定十香的話。

然後，身穿可愛制服並且在肩膀放著一隻小熊的令音，那雙睡眼惺忪的眼睛突然閃閃發光地瞪視著士道。

士道在瞬間將這個視線誤認為是「如果你敢將我在這裡打工的事情告訴別人的話，我會殺了你！」的意思——不過，隨即馬上察覺並非如此。

「……這是，找給您的零錢與收據。」

就在士道驚訝的時候，迅速完成結帳手續的令音一邊輕敲紙面，一邊將收據遞給士道。那張收據的下方寫著「我們會支援你，自然地繼續約會」。

也就是說，剛剛的那個視線並不是在暗示要對十香隱瞞士道與令音互相認識的事情，而是要士道繼續與她約會……應該是這個意思吧？

「不……不，沒事。」

士道對十香如此說道，然後將收據塞進口袋中。

令音的銳利視線又恢復成往常的無神眼神。

然後，從收銀台的抽屜取出一張色彩鮮豔的紙張交給士道。

「……這是商店街的抽獎券。從這家店走出去後，沿著右側道路行走就能抵達抽獎中心。可以的話，請您多加利用。」

她對於地點進行詳細說明，並且加重語氣說出後半段的話。

士道搔了搔臉頰。應該不是「可以的話」，而是「絕對要使用」吧？
話說如此，其實令音可能根本不需要特地強調。
「士道，那是什麼？」
因為十香正一臉興味盎然地盯著那張抽獎券。
「要去看看嗎？」
「士道你想去嗎？」
「……嗯，非常想去。」
「那就走吧。」
十香精神奕奕地邁開大步從店裡走出去。
士道朝著令音輕輕點頭之後追了出去。

「──辛苦了，令音。」
躲在收銀台暗處的琴里，在確認兩人已經步出店裡後站起身來。
「……真是不習慣呀。」
令音隨意撩起荷葉邊的制服裙襬，以沒有抑揚頓挫的聲調如此說道。
這就是──作戰代號F－08，又稱為「天宮的假期」計畫。

〈拉塔托斯克〉擁有考慮過各式各樣的可能性，並且可以細分為一千種以上的作戰代號。因此這項計畫只是其中之一。

一旦出現精靈躲過組織的偵測與士道接觸的情況——〈拉塔托斯克〉船員們就必須假扮成當地居民，暗中支援士道。

因此，所有船員都必須接受最少一個月以上的劇團演技訓練。

「很適合妳唷。好可愛～好可愛～」

琴里舔著糖果說完這句話後，立刻打開手機撥打電話。

「啊啊，是我。剛剛走出店裡了……沒錯，盡量表現得自然一點。如果失敗的話，我會剝了你的皮。」

簡潔地傳達重要事項與處罰之後，掛上電話。

「第二班似乎已經就定位了——那麼，我們也回〈佛拉克西納斯〉吧。雖然無法傳達我們的聲音，至少也要看看影像。」

「……好，就這麼辦吧。」

背對著令音聽她說完這些話，琴里揚起嘴角。

「那麼——開始戰爭（DATE）吧。」

「呃……抽獎中心……那個嗎？」

士道與十香離開那間店後，便沿著道路往前行走。然後，他們看見一塊空地，而大型抽獎器就擺放在鋪上紅色桌巾的長桌上。

抽獎器那裡，以及商品領取區各站著一名身穿半被（註：半被是一種傳統的日式短上衣，多半於祭典等特殊場合穿著。也稱為「法被」）的男性，他們的後方排放了一些腳踏車、白米等看似獎品的物品。現場有幾個人正在排隊。

「…………」

士道搔了搔臉頰。

雖然記憶有點模糊……不過，別說是身穿半被的男性們，就連正在排隊的客人也是如此，士道似乎都有在〈佛拉克西納斯〉內部裡看過他們的容貌。

「哦哦！」

不過，那些事情都與十香沒有任何關係。握緊著士道給她的抽獎券（應該說，因為十香表現出一副很想得到的模樣，所以才讓她拿著），眼神閃閃發亮。

「好了，去排隊吧。」

「嗯！」

然後，十香點點頭，排在隊伍的最尾端。

看著排在前頭的客人旋轉抽獎器，她的頭與眼睛也跟著不斷旋轉。

過沒多久就輪到十香了。十香模仿之前的客人，將抽獎券交給工作人員，然後把手放在抽獎器上面。仔細一看，那名工作人員正是〈迅速進入倦怠期〉的川越。

「只要轉動這個就可以了吧？」

說完後，十香開始轉動抽獎器。數秒後，從抽獎器中掉出一個代表沒中獎的紅球。

「……哎呀，真是可惜。紅色是袖珍包面紙——」

士道的話還沒說完，川越突然喀啷喀啷地用力搖動拿在手中的搖鈴。

「恭喜中大獎！」

「哦哦！」

「什……什麼……？」

然後，士道皺起眉頭……被貼在後頭的獎品看板上頭，「最大獎」的地方原本寫著金球，但是現在已經被川越後方的其他工作人員用紅色的麥克筆塗紅。目擊到這一幕後，士道不再說話。

「恭喜您！最大獎的獎品是〈夢幻之島〉的免費情侶套票！」

「哦哦，士道，那是什麼！」

「……主題遊樂園嗎？只是我從來沒聽過這個名字……」

士道以驚訝的語氣，對興奮地收下門票的十香如此說道。

然後，川越迅速地將臉靠過來……

「背面畫有地圖，請務必前往！越快越好！」

「……好……好的……」

被對方氣勢震懾的士道往後退了一步，看著門票的背面。確實畫有地圖，而且離這裡非常近。

「這附近有主題公園嗎……？」

士道百思不得其解。哎呀，不過這畢竟是〈拉塔托斯克〉的指示。應該會有一些什麼東西存在吧。

「……要去看看嗎？十香。」

「嗯！」

十香似乎也非常感興趣，所以兩人決定前往一探究竟。

那個地點離這裡真的很近。從這個抽獎中心進入巷子，再走數百公尺就能抵達。途中依舊可以看見商業住宅豎立在兩側，雖然不能說完全不可能，但是實在很難想像前方居然會有主題公園。

但是——

「哦哦！士道！有城堡耶！我們要去那裡嗎？」

十香表現出到目前為止最激烈的興奮情緒，指著前方。

士道一邊想著「怎麼可能」，一邊將視線從門票的背面移開，然後看向前方。

「……！」

一瞬間，士道的全身當場凍結在原地。

雖然規模不大，不過確實是一座西洋風格的城堡。招牌寫著〈夢幻之島〉。

……順帶一提，招牌下方還寫著「休息：兩個小時四千圓起　住宿：八千圓起」。

哎呀，總而言之，這裡是只限成人進入的愛情旅館。

「回……回去吧，十香……！我這個人做事總是迷迷糊糊的，所以不小心走錯路了！」

「嗯？不是那裡嗎？」

「啊啊，沒錯。好……好了，快點回去吧。」

「不順便繞過去嗎？我想進去看看耶。」

「不……不行不行！今天還是不要吧！好嗎？」

「嗯……是嗎。」

雖然很對不起一臉失望的十香，但是不管怎樣都不能去那種地方呀。士道瞪了可能在上空從頭看到尾的琴里一眼之後，依循原路折返。

「真是的，都已經到抵達那裡了，居然又原途折返？真是膽小如鼠的哥哥呀！」

坐在〈拉塔托斯克〉艦長席的琴里嘆著氣，聳了聳肩。

「……哎呀，這也沒辦法。突然要他這麼做，未免也太殘酷了。」

坐在艦橋下方的令音一邊操作控制台，一邊如此說道。

與昨天相比，經過她的分析而顯現在畫面的數據一直維持在安定數值。即使尚未到達戀人的程度，至少數據顯示十香認為士道是名值得信任的友人。

哎呀，因為如此，才想試試放手一搏的方法啊。

「即使沒有進展到最後階段也沒關係，因為只需要一個吻就能將軍了嘛。」

說完後，琴里轉動嘴裡的糖果棒，從鼻間呼出一口氣。

「……接下來該怎麼辦呢？」

「嗯～這個嘛。接下來就輪到『連結』以及『一路迷路』了。」

「哈啊……哈啊……」

明明沒有在奔跑，卻覺得上氣不接下氣。走到商家林立的大馬路後，士道稍微放慢行走速度。

「士道，你身體不舒服嗎？」

「不，不是那樣……」

「那麼你怎麼了？」

十香歪著頭詢問。

「……我只是稍微想到在天上的妹妹。」

「在天上嗎？」

十香露出略為驚訝的表情。

「是啊。她曾經是我的可愛妹妹……」

只是沒想到居然是雙重人格呀。士道不禁嘆了一口氣。

「是嗎……」

看見十香散發出憂愁的氛圍，士道才突然察覺到一件事情。剛剛的說法簡直就像是琴里已經死掉了一般。

「啊啊，不是，不是那樣的，十香。那是因為——」

然後，士道突然停止說話。

「請收下～」

因為眼前突然出現一名女子遞面紙給自己。

他立即伸手接過袖珍包面紙，然後，女子輕輕點頭後便走向別處了。

「士道？那是什麼？」

「啊啊，這種東西叫做袖珍包面紙——」

話還沒說完，士道突然感到一頭霧水。

平常在街頭發放的袖珍包面紙通常都是企業的廣告品。但是，這包袖珍包面紙的外包裝卻只有印上牽著手的男女的插畫，以及「如果覺得幸福就請牽起手吧」的標語。這是什麼宗教團體嗎？

然後，就在自己感到匪夷所思的同時，這次從右手邊的某間電器行傳來耳熟的聲音。

並列擺放在店面的多台電視開始播放奇怪的電視節目。

「什……！」

士道皺著眉大叫出聲。

在猶如白天會播放的情報節目的布景裡，可以看見數名看似解說員的人。但是，士道曾經在〈佛拉克西納斯〉裡看過他們每一個人的長相。

「在第一次約會時不牽手的人果然很討人厭呀～」

「說得沒錯。是男人的話，就應該要果敢決斷啊！」

「…………」

然後，就在士道沉默不語的時候，周圍的情侶開始不自然地增多。

而且，每對情侶都親密地牽著手，偶爾還會刻意說出「牽手的感覺真好吶！」、「感覺好像彼此之間心意相通了！」等話語。

感覺到一陣輕微的暈眩感，士道用手扶住額頭。

——這種情況，果然是在暗示那種事嗎？

深深嘆了一口氣，片刻之後。

士道將面紙收進口袋裡，壓抑著內心悸動看向十香。

「喂、喂，十香……」

「嗯？什麼事？」

十香困惑地歪著頭。士道咕嚕一聲嚥下口水，然後往前伸出手。

「那個，要……牽手嗎？」

「牽手？為什麼？」

腦海中浮現這個毫無惡意而單純的疑問，於是十香如此問道。

總覺得這種情形比遭到拒絕還要使人難為情。

「…………對啊，為什麼呢？」

事實上，這種情形根本不是三言兩語就能解釋清楚。目光四處游移，士道將手縮回來——

「嗯。」

——正當士道準備這麼做的時候，十香握住士道的手。

「……！」

「嗯？你那是什麼表情？是你說要牽手的吧？」

「啊，對。」

他輕輕搖頭，開始在路上行走。

「嗯，這種感覺真不錯吶。」

說完後，十香露出微笑，稍微加強握手的力道。

「……是……是呀。」

碰觸到又小又柔軟、體溫比士道稍微低一點的微涼小手的時候，士道便察覺到自己自然而然地臉紅了。

他盡力不去在意這些觸感，一邊思考別的事情一邊行走。

然後，不知道走了多遠的距離，突然看到行進方向上出現一個標示著「施工中」的黃黑相間立牌。一群戴著安全帽的男人們正在辛勤地工作著。

「呃……這裡不能走啊。沒辦法了，走這邊……」

士道換了個方向，朝著右邊走去。然而，這一次那條馬路上卻擺著一個禁止通行的告示牌。

「啊？」

儘管察覺到可疑之處，但是無計可施的士道只能返回原本行走的道路。
但是，現在連剛剛士道他們走過的那條路都被告示牌擋住了。
「…………」
無論如何，這種情況未免也太不自然了。士道目不轉睛地瞪視著作業人員的長相。
不出所料，那之中有幾名看過的臉孔。是〈佛拉克西納斯〉的船員們。
士道沉默不語地看著從左邊延伸出去通往高台的道路。
只剩下那一條道路能通行。
「……意思是要我走那一條嗎？」
「嗯？怎麼了，士道？」
「不，沒什麼……總而言之，去那邊看看吧？」
「嗯，好呀。」
露出即使只是散步也很愉快的表情，十香點頭答應。
「好了，出發吧，士道！」
「哦，好……」
士道動作僵硬地踏上左邊的道路。

第五章 暴虐的鏖殺公

時間是下午六點。

天宮車站前的高樓大廈被夕陽染成一片橘紅。

少年與少女兩人正走在位於高台上，能將如此美景盡收眼底的小公園裡。

少年的身分沒有任何問題。只是一名普通的男高中生。

但是，至於那名少女——

「……呼！」

日下部燎子瞇起眼睛舔著嘴唇。

「存在一致率百分之九八點五。這個數據可不能用偶然來解釋啊。」

精靈。

摧毀世界的災難。

三十年前將這塊土地化為焦土、五年前招來大火，相當於最凶狠瘟神的少女。

「…………」

但是，如今照映在燎子視網膜內的那個身影，卻只是一名可愛的女孩子。

「狙擊許可呢？」

然後，燎子的背後響起平靜的——反過來說，是讓人冷徹心腑的聲音。

無須回頭。身後的人正是折紙。

身上穿戴著與燎子相同的接線套裝與飛行推進器，右手拿著比自己身高還要長的對精靈步槍〈Cry Cry Cry〉。

「……尚未下達唷。只有要我們待命而已。那些大人們應該還在協商吧。」

「是嗎。」

沒有安心、也沒有沮喪，折紙點點頭。

現在，燎子他們這些ＡＳＴ成員總共有十人，以兩人一組的方式分成五班，在精靈所在的公園一公里範圍內待命中。

兩人目前的所在地也是其中範圍的地點之一。

這裡是比公園更遠離都市中心、興建住宅中的台地。雖然白天會有大排長龍的貨車、起重機、作業車等等，但是到了這個時間就會變得十分安靜。

幾個小時前，當折紙確認自己看見的那名少女是精靈後，馬上就得到了啟動CR-Unit的許可。

但是，防衛大臣與參謀總長似乎還在協商對策。

簡單來說，就是在討論是否應該發動攻擊的議題。
由於這次的現界沒有觀測到空間震，所以空間震警報並沒有作響。
也就是說，所有居民都沒有前往避難所。如果現在精靈突然失控的話，將會釀成嚴重災情。
話雖如此，萬一現在發布警報而刺激到精靈，後果也是不堪設想。現在的情況可以說是相當棘手。
但是——
「這是一個好機會。」
折紙以一如往常的冷淡語調提出自己的看法。
折紙說得沒錯，現在的情況同時也是一個好機會。
因為現在精靈並沒有將靈裝顯現在身上。
與燎子他們的隨意領域相似，那件能讓精靈變成最強、最終極的無敵生命體的外殼，並沒有穿在精靈身上。
如果把握這個時機，我方的攻擊應該可以直接命中。
但是，那畢竟只是一種可能性，而且還必須確實地給予一擊斃命的致命傷才有辦法成功。這就是為什麼折紙要攜帶不屬於平時裝備的步槍之理由。
使用者發出悲鳴、彈道隆隆作響、目標喊出臨終前的慘叫聲。

因此稱為〈CCC〉（cry cry cry）。

如果沒有展開隨意領域，那把槍會讓狙擊手因為反作用力的影響而變成手臂骨折、精神錯亂的狀態。

但是，燎子不認為現在是使用那把槍的好時機。

「……那些不知人間疾苦的大人們，應該不會在這種情況宣布允許攻擊的命令。」

「如果不允許的話，會讓我感到很困擾。」

燎子說完後，折紙沒有遲疑地立即回話。

「……哎呀，待在現場就是這麼一回事。一種情況是下達允許攻擊的命令之後，因為無法一擊斃命所以導致精靈開始肆意攻擊；另一種情況是即使精靈四處作亂，但是依舊可以強調『不知道精靈在這個世界現身了』。當外界追究責任時，這兩種情況所代表的意義可以說是天差地遠。」

「只因這種理由來決定，會讓我感到很困擾。」

「話雖如此，但是將自己的地位看得比那些無辜老百姓的性命還重要的大人們，可是不勝枚舉呢。」

說完後，她聳了聳肩。

折紙的表情沒有任何改變，但是不知道為何，看起來似乎顯得有點不悅。

然後——就在這個時候，燎子的耳邊響起混雜著雜音的聲音。

「喂、喂，這裡是地點Ａ。結果如何——咦？」

燎子聽見傳進耳朵鼓膜裡的情報後，睜大了眼睛。

「——了解。」

她只有說了這句話，便結束通訊。

「……真是令人吃驚。已經下達允許攻擊的命令了。」

老實說，有點意外。原本以為鐵定只會下達待命的命令而已。

不——如此說來，就連昨天攻擊校舍的命令也是如此。都是目前為止相當罕見的強行攻擊政策。難道是上層出現人事異動了嗎？

不過，燎子只需要做好自己的工作即可。具體來說——是將扣扳機的重責大任交付給在我方之中作戰成功率最高的隊員。

「——折紙，由妳來射擊。在所有現場人員之中，妳是最適任的人選。不容許失敗。絕對要一擊斃命。」

聽見這段話，

「了解。」

折紙毫不動搖地如此回答。

◇

位居高地，被夕陽染紅的公園裡，如今只有士道與十香的身影而已。

除了偶爾從遠方傳來的車聲以及烏鴉的叫聲之外，四周一片寂靜。

「哦哦，好美的景色啊！」

十香從剛剛開始就不斷將身子探出防止墜落的欄杆，眺望籠罩在夕陽餘暉中的天宮街景。

在〈佛拉克西納斯〉船員們巧妙（？）的領導下踏上安排好的路徑時，剛好是太陽西下之際。兩人最後抵達這座風景優美的公園裡。

士道並不是第一次來到這裡。應該說這裡其實是他相當喜愛的祕密場所。

選擇這裡當作終點的人……哎呀，一定是琴里吧。

「士道！那個是怎麼變形的？」

十香指著向遠方奔馳而去的電車，目光閃閃發亮地此說道。

「非常可惜，電車是不會變形的。」

「什麼？屬於合體的種類嗎？」

「呃，的確是可以彼此連結。」

「哦哦！」

十香表現出理解的樣子點點頭之後，身體轉了一圈，一邊將全身體重倚靠在扶手上，一邊轉身面向士道的方向。

十香佇立在以晚霞為背景的景色中，美麗得猶如一副畫。

「——話說回來。」

彷彿想要改變話題般，她一邊發出「嗯～」的聲音一邊伸了個懶腰。

然後，臉上浮現一個無憂無慮的笑容。

「約會這種東西真是不錯啊。事實上，那個……該怎麼說呢？很快樂。」

「…………」

事情發生得太突然。所以雖然士道自己看不見，但是他的臉頰應該已經是通紅一片。

「怎麼了嗎？士道，你的臉很紅唷。」

「……是夕陽啦。」

說完後，他低下頭。

「是嗎？」

接著，十香走到士道身邊，做出仰望的姿勢查看他的臉龐。

「咿——」

「果然很紅，這是什麼疾病嗎？」

待在幾乎可以感受到呼吸氣息的距離裡，十香如此說道。

「不……不……不是的，所以……」

士道移開視線——同時，「約會」這個名詞也不斷在他的腦海中打轉。

曾經在漫畫或電影裡看過相關知識。

大致上，如果戀人們在約會的最後階段來到如此美麗的場所，一定就會——

士道的視線自然而然地落在十香那看似柔軟的嘴唇上。

「嗯？」

「————！」

十香並沒有開口說話。但是士道卻覺得自己的邪惡思想彷彿被人看穿般，再次地移開視線，拉開兩人距離。

「什麼嘛，真是忙碌的傢伙呀。」

「囉……囉唆……」

士道用袖子擦拭額頭滲出的汗水，並且偷看了十香一眼。

十天前以及昨天，浮現在十香臉上的憂鬱表情已經漸漸消失。他從鼻間輕輕呼了一口氣，往後踏一步，轉身面對十香。

「──怎麼樣？根本沒有看見要殺害妳的人吧？」
「……嗯，大家都好溫柔。老實說，我到現在都還無法相信。」
「啊……？」
看見士道的疑惑，十香露出自嘲的苦笑。
「大部分的人類居然都沒有拒絕我，也不會否定我的存在──但是，那個機器人軍團……呃，叫什麼名字呢？A……？」
「AST嗎？」
「對，沒錯。假設街道上的那些人都是他們的手下，目的是為了欺騙我。這種說法的可信度似乎還比較高。」
「喂、喂……」
雖然這種想法非常不符合邏輯……但是，士道卻完全笑不出來。
因為對十香而言，那種情形反而才是正常的。
被人否定、持續不斷地被否定，那樣才是正常的。
這種處境──真是悲哀啊。
「……那麼，你認為我也是AST的手下嗎？」
士道說完後，十香用力搖頭。

「不是，士道不一樣。對方一定是抓走了你的兄弟姊妹當成人質來威脅你。」

「那……那是什麼角色設定啊……」

「……我不認為你是我的敵人。」

「咦？」

「沒什麼。」

士道提出反問之後，這次換成十香別過臉去。

她彷彿要強迫自己改變表情般，用手使勁地拍拍臉，然後再次將視線轉回來。

「——但是，說真的，至少今天對我而言是非常有意義的一天。沒想到這個世界是如此溫柔、如此有趣、如此美麗……」

「是嗎……」

士道微微牽動嘴角，嘆了口氣。

但是，十香卻與士道相反，將眉毛皺成八字眉後露出苦笑。

「他們——ＡＳＴ那些傢伙的想法，我似乎有些明白了。」

「咦……？」

士道驚訝地皺起眉頭。然後，十香露出略為悲傷的神情。

與士道最討厭的憂鬱表情有點不同——但是，仍然會讓看見的人感到揪心，是一種充滿悲壯感的表情。

「我……每一次現界的時候，就會破壞如此美麗的世界。」

「────！」

士道屏住呼吸。

「但……但是，那並不是妳自願的吧……？」

「……嗯，無論是現界或是當時所引發的現象，都不是我能控制的。」

「既然如此────」

「但是，對於這個世界的居民而言，這種破壞的結果並沒有任何差異。我總算明白…ＡＳＴ想要殺死我的理由了。」

士道突然說不出話來。

十香的悲痛神情在胸口拉扯出一道痛楚，讓士道難以呼吸。

「士道。我果然──應該消失吧？」

說完後──十香露出微笑。

不是今天白天時所見的天真笑容。

簡直就像是察覺到自己死期的病人──既虛弱又痛心的笑容。

士道咕嚕一聲，嚥了一口唾液。

不知從何時開始，他的喉嚨變得相當乾渴。感受到緊繃的喉嚨因為缺水而產生微微痛楚的同時，士道努力地開口說話：

「沒有……這種事情……！」

為了將力量注入到聲音裡，他握緊拳頭。

「因為……今天沒有引起空間震啊！一定是因為與平常有什麼不一樣的地方……！只要查明這件事情……！」

但是十香卻緩緩搖頭。

「就算那個方法確定可行，也無法阻止自己不定期地被送來這個世界的情形發生。現界的次數並不會減少。」

「那麼……！只要妳不回去那裡就可以了吧！」

士道大叫出聲。然後，十香抬起頭來睜大眼睛。

她似乎從來沒有考慮過這個想法。

「這種事情──應該……」

「妳有嘗試過嗎？即使只有一次也好！」

「…………」

十香緊閉雙唇陷入沉默。

士道壓住胸口想要平息異常的心跳，並且再次嚥下唾液。

雖然只是瞬間脫口而出的一句話——但是如果真的可行，或許就不會再發生空間震了。

記得琴里曾經說過，精靈從異空間移動到這個世界時所產生的餘波會形成空間震。

然後，既然十香會非自願性並且不定期地被強拉到這個世界來，那麼只要從一開始一直待在這裡就好了啊。

「但……但是，還有一個問題。我不了解的事情實在是太多了。」

「那些東西我都能教妳！」

士道立刻回覆十香所說的話。

「還需要住處跟食物。」

「那些……總會有辦法的！」

「或許會發生預料之外的情況。」

「等實際發生後再來考慮！」

十香沉默一會兒後，微啟雙唇說道：

「……我真的……可以活下去嗎？」

「沒錯！」

「真的可以待在這個世界？」

「對！」

「……會對我說出這種話的人，一定只有士道一個人而已。ＡＳＴ當然不用說，對於其他人類而言，肯定不會容許像我這樣的危險存在待在自己的生活空間裡。」

「誰要理那些傢伙啊……！ＡＳＴ？其他人類？如果那些傢伙否定十香的話！那我就會超越他們！更加地肯定妳！」

士道放聲大喊。

他朝著十香伸出手。

十香的肩膀微微顫抖。

「握住我的手！現在——只需要這麼做就可以了……！」

十香低著頭，沉默不語地稍微沉思了一會兒後，緩緩抬起頭來，然後慢慢伸出手。

「士道——」

然後，

就在士道與十香的手快要碰觸在一起的那一瞬間。

「————」

士道的手指突然抽動了一下。

不知什麼緣故——突然感受到一股莫名的惡寒。

猶如被粗糙的舌頭舔遍全身般，令人厭惡的感覺。

「十香！」

在毫無自覺的情況下，士道開口叫喚那個名字。

然後，在十香尚未回答之前……

「……！」

士道便已經用雙手大力地推開十香。

纖細的十香承受不住這突然的衝擊力，像漫畫的情景般往後翻滾。

然後，分秒不差地……

「————啊！」

士道在胸部與腹部之間，感受到了一陣猛烈衝擊。

「你……你做什麼啊！」

他聽見全身沾滿泥沙的十香發出譴責的聲音，但是，他連要回話都有困難。

無法……呼吸。

很難……維持意識與姿勢。

總而言之，感覺……非常痛苦。

「——士道？」

十香目瞪口呆地如此說道。

為了尋找原因，士道試著將顫抖的右手伸向腹部側邊。

奇怪。

因為，摸不到……任何東西。

「啊——」

折紙用經過隨意領域強化過的視力看著士道倒下的身影，同時也聽見從自己喉嚨裡洩漏出來的叫聲。

匍匐在為了興建住宅而被整平的地面上，維持手持對精靈步槍〈CCC〉的姿勢，全身僵直了好一段時間。

幾秒前。

折紙啟動〈CCC〉的顯現裝置，在填裝完成的特殊彈頭上施予攻擊性結界，完美地瞄準目標後扣下扳機。

完全沒有發生任何失誤。

——只要士道不推開精靈的話。

折紙發射出去的子彈——在代替精靈的士道身上，整整齊齊地挖開一個大洞。

「————」

這一次，甚至連聲音都發不出來。

折紙知道自己的手指，那根扣著扳機的手指正在微微顫抖。

因為，就在剛剛……自己對士道——

「——折紙！」

「——！」

她聽見燎子的聲音後才回過神。

「晚一點再後悔！之後我會罵死妳！所以現在——」

說完後，燎子一臉驚恐地盯著公園。

「只要專心思考，活下去的方法……！」

「士道……？」

十香呼喚著他的名字，卻沒有得到任何回應，

這也難怪。因為他的胸口開了一個比十香攤開的手掌還要大的窟窿。

十香頭腦一片混亂，無法理解狀況。

「士——道！」

十香在士道頭部的旁邊跪下來，戳了戳他的臉頰。

沒有……反應。

剛剛朝向十香伸出來的那隻手毫無空隙地沾滿鮮血。

「嗚，啊……啊……啊——」

數秒之後，她的頭腦才開始理解狀況。

……十香認得這些飄散在四周的焦味。

為了殺死十香而不斷發動攻擊的那群人——ＡＳＴ。

攻勢銳利的一擊。恐怕是——那個女人所為。

如果在沒有穿上靈裝的狀態下遭受到那種攻擊，即使是十香也不可能會毫髮無傷吧。

更何況是由毫無防衛的士道來承受這一擊。

「————」

十香感受到一陣不知所以的暈眩，將手放置在依舊眺望天空的士道眼睛上，緩緩地將他的雙眼闔上。

然後，脫下原本穿在身上的制服，溫柔地蓋在士道的遺體上。

緊接著，十香緩緩站起身來，抬起頭仰望天空。

——啊啊，啊啊！

不行。果然，還是不行。

有一瞬間——十香以為自己或許可以生存在這個世界上。

如果身邊有士道的陪伴，或許自然就能找到解決的方法。

儘管困難重重，或許一切都能迎刃而解。

但是……

啊啊，但是啊……

果然……不行。

這個世界——果然還是否定了十香。

而且，還是以所能想到的最卑鄙、最惡劣的手段——！

「——〈神威靈裝．十番〉……！」

她從喉嚨深處硬擠出那個名稱。靈裝。無與倫比、最強的、十香的領地。

瞬間，世界發出了悲鳴聲。

周圍綿軟歪斜的景色纏繞在十香身上，構成莊嚴的靈裝。

然後，閃耀光芒的光膜點綴著內裡與裙子——災難降臨。

嘎吱嘎吱、嘎吱嘎吱。

天空嘎然作響。

彷彿在對突然將靈裝顯現出來的十香叨唸著不滿。

十香稍微垂下視線。

剛剛擊斃士道的人就在那個猶如整座山被攔腰削平的高台上。

即使殺死也不足為惜的人類就在那裡。

十香用腳跟大力地踏向地面。

瞬間，腳邊出現收納著巨劍的王座。

十香咚一聲踢向地面，跨上王座的扶手，從椅背的部位將劍拔出來。

然後……

「啊啊！」

振動喉嚨。

「啊啊啊啊啊啊啊啊啊啊啊啊啊啊啊啊！」

響徹天際。

「啊啊啊啊啊啊啊啊啊啊啊啊啊啊啊啊啊啊啊啊啊啊啊啊啊啊啊啊啊————————」

轟鳴地面。

感覺就像是要麻痺自己的頭腦、毀滅自我一般。

「竟敢！」

雙眼含淚。

「竟敢竟敢竟敢竟敢竟敢竟敢竟敢竟敢竟敢竟敢竟敢竟敢！」

十香將力量灌入握著劍的那隻手，然後毀滅視線前方的所有距離。

「什——？」

「————」

不到一眨眼的工夫，十香立即移動到方才遠眺的高台上。

眼前是一名目瞪口呆的女人，以及面無表情的少女。

令人憎恨，在看見那張令人憎恨的臉孔同時，十香大聲咆哮。

「〈鏖殺公〉——【最後之劍】！」

剎那間，十香踩在腳下的王座出現裂痕，零零碎碎地開始破裂瓦解。

然後，王座的碎片纏繞在十香握在手上的那把劍，劍的外型也因此變得更加巨大。

全長應該有超過十公尺以上，體型龐大的劍。

但是，十香卻輕鬆地高高舉起那把劍，往兩名女性揮砍下去。

刀身的光芒變得更加強烈，在一瞬間沿著攻勢延長線上的地面奔馳而去。

下一瞬間，猛烈的爆炸襲向四周。

「什……！」

「———嗚！」

在千鈞一髮之際往左右兩側逃竄的兩人，發出充滿恐懼的叫聲。

這也難怪。因為十香的輕輕一擊，就讓偌大的台地縱向裂成兩半。

「這個……怪物———！」

身材高眺的女人大叫出聲，揮舞著粗獷的大劍朝十香展開攻擊。

但是那種東西根本無法傷害身穿靈裝的十香。十香僅僅只是看了一眼，便讓對方的攻擊煙消雲散。

「騙人———」

女人的臉上布滿絕望。

但是，十香對她似乎一點興趣也沒有，反而將視線落在另一名少女身上。

「———啊啊，啊啊。就是妳呀、就是妳呀。」

平靜地張開雙唇。
「殺死我的朋友、我的摯友……殺死士道的人就是妳吧！」
十香說完後，雖然不明顯，但是少女臉上第一次出現扭曲的神情。
但是，這些事情並不重要。
因為這個世界上已經沒有人能阻止將【最後之劍】顯現出來的十香了。
她一邊以平靜無波的純黑眼瞳俯視著少女，一邊冷靜地發狂。
「——殺戮、毀滅、趕盡殺絕。死吧、毀滅吧、消失殆盡吧！」

◇

「司令……！」
「我知道了。不要吵吵鬧鬧的。又不是處於發情期的猴子！」
琴里一邊滾動著嘴裡的糖果，一邊對表現出慌張模樣的部下如此說道。
這裡是〈佛拉克西納斯〉的艦橋。監視器的平面螢幕上顯示出身體被挖掉一大塊而倒臥在地上的士道以及精靈十香的戰鬥畫面。
其實琴里也不是不明白部下動搖的原因。

目前呈現出壓倒性的、不容置疑的、毀滅的、絕望的狀況。

空間震的警報聲總算響起。但是，在居民還沒疏散完畢的狀態下，十香與ＡＳＴ就開始戰鬥。

戰鬥地點是在無人居住的開發地。原本這是唯一的補救方法——但是，十香的一擊卻輕而易舉地粉碎了這個樂觀的想法。

這種異常的破壞力，讓以前的十香顯得格外地天真可愛。

僅僅一擊就將寬闊的開發地一分為二，並且在中心畫出一道深淵。

再加上——原本應該是〈拉塔托斯克〉最強武器的士道突然死亡。

琴里一行人目前正處於所能想到的最惡劣狀態中。

但是……

「哎呀，雖然不夠優雅，不過作為一名騎士，分數算是及格了。如果剛剛公主被殺死的話，那可就慘不忍睹了。」

語氣聽不出任何嚴肅，琴里轉動著糖果棒子。

船員們全都以恐懼的眼神看著這副模樣的琴里。

哎呀，這也沒辦法。畢竟她的哥哥才剛剛去世。

但是在這些人之中，只有令音與神無月表現出不同的反應。

令音保持冷靜的態度，對十香的戰鬥情形進行監控與擷取資料。

神無月的模樣則是稍微有點不一樣。臉頰泛紅，口水從嘴邊流出來。表情看起來似乎是在想：「啊啊……身體都已經開了那麼大一個洞……還能不斷抽搐。好厲害呀！一定、一定不是普通人物吧。但……但是如果就這樣死掉的話，那可就徒勞無功了呀。」

「喝！」

「嗚啊！」

琴里用力踢開神無月的脛骨後，從自己的位置上站起來。

然後，用鼻子哼了一聲，瞇起眼睛向大家宣告：

「好了，繼續做自己的事！士道是不會就這樣死掉的！」

沒錯。

接下來才是士道真正該做的事情。

「司——司令！那個是……！」

然後，位於艦橋下方的部下一邊看著畫面左側播放出來的公園景象，一邊發出充滿驚訝的聲音。

「——來了啊。」

琴里改變糖果的位置後，揚起嘴角微笑。

畫面中，原本播放著躺在公園裡，被制服上衣蓋住的士道身影。但是——

那件制服卻突然開始燃燒。

並非精靈的生成物開始消失，也不是因為陽光的照射而起火燃燒。

因為起火點並不是制服。

制服燃燒殆盡後，露出被整整齊齊貫穿出一個洞的士道身體。

此時，〈佛拉克西納斯〉的船員們再次發出驚訝的聲音。

「傷……傷口——」

沒錯，那個傷口——突然消失裂開的殘缺斷面正在燃燒。

火焰高高燃起，幾乎讓人看不清士道的傷口——不久之後，火勢才又慢慢變小。

然後，被那道火焰舔噬過的地方，出現已經完整重生的士道身體。

接下來——

「————嗯？」

畫面中，躺在地上的士道……

「嗯……………………好燙呀啊啊啊！」

看見還在腹部上冒煙的火苗後，從地上一躍而起。

急急忙忙地拍打腹部，好熄滅火苗。

「痛——呃，奇怪？我………為什麼……？」
艦橋內引發一陣騷動。
「什……司……司令，這是——」
「我說過吧。士道即使死過一次也能立即重生唷。」
琴里一邊舔嘴唇一邊對部下如此說道。
部下們一起對琴里投以詫異的眼神，但是琴里卻不予理會。
「立刻回收——現在能阻止她的人只有士道。」

◇

——無法理解。
士道不斷觸摸著自己的腹部並且緊緊皺起眉頭。
穿在身上的西裝外套與白襯衫漂亮地開了一個大洞，領帶也斷成一半。
即使身上的裝扮顯得相當丟臉，但是士道卻無心介意。
因為，現在有一個更值得關心的問題——
「我——為什麼還活著？」

士道再一次觸摸肚子，喃喃自語地說道。

那個時候，他在感覺到令人厭惡的預感之後，便把十香用力推開。

下一瞬間，腹部就開了一個洞——然後失去意識。

實際上，衣服確實也破了個大洞，還沾滿大量血跡。所以應該不是在作夢。

「對了——十香……！」

那個攻擊毫無疑問是衝著十香而來。

十香後來怎麼了？為了找尋她的身影，士道環顧四周。

然後，從地勢比士道目前所在的公園更高的高台上，發出了黑色光芒——緊接著，猛烈的爆炸聲與衝擊波往四處擴散。

「嗚喔……！」

由於事情發生得過於突然，士道還來不及使上力就以被強風颳起的姿勢跌倒在地上。

「什……什麼……這到底是……！」

士道一邊大聲喊叫，一邊望向那個地方——他的身子突然僵住了。

與士道失去意識前相比，那個地方的景色看起來已經變得截然不同了。

那個方向原本可以看見興建住宅中的工地現場，以及從三十年前地形改變過後就未曾開發的群山野嶺。但是——

如今那些景色猶如遭到空襲般全數坍塌。

不——其實情況稍稍有點不同。正確來說，是可以看見好幾塊彷彿經過巨劍無數次、無數次劈斬過後所形成的銳利斷面。

「那是……」

就在士道目瞪口呆喃喃自語的瞬間。

「嗚啊……！」

士道感覺到自己的身體漸漸失去重量。

這種感覺並不陌生。是〈佛拉克西納斯〉的轉移裝置。

當士道察覺這件事情的時候，士道眼前的景象已經從位於高台的公園改變成〈佛拉克西納斯〉內部。

「請往這邊！」

然後，在那裡待命的〈佛拉克西納斯〉船員大聲說道。

「好……好的……」

依舊處於混亂狀態下的士道就這樣被帶往艦橋。

然後，就在抵達艦橋的同時，

「——睡醒後的感覺如何，士道？」

坐在艦橋上方的艦長席，琴里一邊轉動著加倍佳糖果棒一邊如此說道。

「……琴里。」

士道輕輕敲著還在耳鳴的耳朵，皺起眉頭。

「……我有點搞不清楚狀況。這到底是怎麼回事？」

「嗯，因為士道被ＡＳＴ的攻擊殺死，所以憤怒的公主打算殺掉ＡＳＴ唷。」

說完後，她頻頻指向右上角——艦橋的大螢幕。

「怎麼會……」

螢幕上顯示著揮舞巨劍劈開山地的十香，以及與敵方作戰的ＡＳＴ的身影。

不——應該不能稱之為「作戰」。

無論ＡＳＴ展開多麼猛烈的攻勢，都無法傷害十香一絲一毫。

相反的，十香的斬擊即使沒有直接命中，光是攻擊時所產生的餘波就能讓巫師們的隨意領域失效、擾亂他們的飛行，並且輕而易舉地將他們吹走。

那是全面壓倒性的——王者的行進。

「完全失控了。看來她無法原諒對方將士道殺死呢。」

說完後，琴里聳了聳肩。

「……那是怎麼回事……！對了！我為什麼還活著？」

士道大聲說道。琴里很明顯地似乎知道一些內情，嘻嘻地竊笑。

「哎呀，那件事情之後再說明吧。因為現在還有更重要的事情要做。」

琴里看著畫面裡的十香如此說道。

「更重要的——事情？」

「沒錯。以我們的立場來說，我們不希望有任何人因為精靈的關係而受傷。」

「……那是當然的啊！」

士道大聲說完後，琴里高興地瞇起眼睛。

「ＯＫ，說得好呀，騎士大人——那麼，出發吧。趕快阻止公主的行動吧！」

琴里說完後，將視線從士道的身上移開，以高亢的聲音大聲說道：

「〈佛拉克西納斯〉迴轉！往戰鬥地點移動！將誤差距離縮小到一公尺以內！」

「是！」

看似掌舵手的幾名船員們齊聲回答。

緊接著，伴隨著低沉的聲音響起，〈佛拉克西納斯〉開始輕微震動。

「琴……琴里！」

「嗯？什麼事，士道？」

「妳說要阻止十香——那種事情……有辦法做到嗎？」

「你在說什麼呀？重點不在於能不能做到，而是必須去做。由士道去做。」

琴里高高地挑起眉毛，露出訝異的表情。

「我……我嗎？」

「那是當然的啊。你要發呆到什麼時候──除了士道以外，其他人不可能做到。」

「到……到底要怎麼做……！」

額頭冒出汗水的士道提出疑問。然後，琴里將加倍佳從嘴裡拿出來。

接著，浮現一抹不懷好意的笑容……

「你不知道嗎？拯救受到詛咒的公主的方法只有一種呀。」

說完後，琴里嘛起嘴唇親了一下棒棒糖。

◇

最惡劣的狀況。

原本待命中的十名ＡＳＴ成員全員參戰，但是別說是傷害精靈，連接近她都無法做到。

不──在以前，精靈就已經不把折紙以外的人類放在眼裡了。

彷彿是──毫不在意螞蟻而行走其上的獅子一般。

「喔啊啊啊啊啊啊啊啊啊啊啊啊啊啊啊啊啊啊啊啊啊啊啊啊啊啊啊啊啊啊啊啊啊啊啊——」

大聲喊出的咆哮聲聽起來就像是充滿淚水的哭泣聲，精靈高高舉起那把體積龐大的巨劍往下揮去。

「…………！」

折紙發動飛行推進器，轉身飛向天空躲過這一擊。

但是，劍壓所引發的衝擊波侵入隨意領域後，打進折紙的身體。

「嗚——」

僅僅一瞬間的不留意。

「——啊啊啊啊啊啊啊啊啊啊啊啊啊啊啊啊啊！」

精靈大聲咆哮。

然後，用力地轉動肩膀，舉起巨劍切開風、劈開空氣，並且再次瞄準折紙砍過去。

「——折紙！」

燎子的聲音變得十分慌張。但是——為時已晚。

精靈的劍已經碰觸到折紙的隨意領域。

——瞬間……

「——」

折紙察覺到自己的判斷太過天真了。

原本以為利用劍壓的餘波就能大致推測對方的實力，但是——折紙錯了。很明顯地，那種力量是屬於截然不同的世界。

那種威力簡直就像是暴虐王者的鐵鎚，讓人覺得想要與自己相比，或是思考對策等想法都是一種褻瀆。

以時間來計算的話，只花費了一點五秒。

就將隨意領域……

將折紙引以為傲、擁有絕對力量的城堡……

「————————」

無聲無息地，粉碎了。

折紙的身體從天空被摔往地面。

「啊————」

「折紙！」

燎子的聲音聽起來相當遙遠。

或許是因為隨意領域被強制解除的關係，腦內負擔雖然稍微減緩了，但是取而代之的卻是全身變得疼痛不已。絕對不只是一、兩處骨折的輕微傷勢。不知從哪一道傷口流出來的鮮血堆積在接線套裝裡，形成讓人感到相當不適的觸感。重新感受到重力的頭部突然變得非常沉重，只能稍稍移動而已。

朦朧的視線中，只能清楚地看見精靈佇立在天空中的身影。露出非常哀傷的表情，手裡握著劍，身形相當嬌小的少女的身影。

「────受死吧！」

精靈將劍高高舉起後便靜止不動。

精靈的周圍開始產生無數個綻放黑色光輝的光粒，猶如受到吸引般全部聚集在劍刃上。

即使沒有任何說明，也一目了然。

那是精靈使盡渾身力氣的一擊。

若是在沒有展開隨意領域的現在的情況下承受這一擊，絕對必死無疑。必須想辦法逃走才行。

但是，身體感到既沉重又疼痛，簡直無法動彈。

以燎子為首的其他ＡＳＴ成員們也都已經陷入無法戰鬥的狀態。已經沒有人可以阻止精靈了。

接下來，等待劍開始散發暗色的光輝之後，

精靈便將力量注入握著劍的手。

然後——就在此時……

「十香啊啊啊——」

從天空中，

從比精靈更為高空的地方，

傳來那樣的叫聲。

「咦——？」

明明攸關生死的危機就迫在眼前，折紙卻發出如此錯愕的聲音。

因為那聲慘叫聲的主人正是方才被折紙射死的少年。

「公主滯留在空中呀……既然如此，就在這裡將士道丟下去吧？降落傘？不需要那種東西。因為現在已經降到低空飛行的高度了，而且等到士道接近精靈時，我們會幫你調和重力。啊啊，嗯，沒問題、沒問題。前提是你必須待在〈佛拉克西納斯〉的正下方……什麼？如果偏離正下方的話會怎麼樣？嗯……那當然是會在地面上開出一朵美麗的花朵呀，顏色是鮮紅色的唷～」

向士道說完「阻止十香的方法」之類的事情後，琴里眺望著螢幕如此說道。而且表情還浮現一抹竊笑。

「等……等一下！這方法聽起來太困難了，為什麼要選擇這個方法……！」

「真討厭啊，既然成功率相同，當然要選擇比較有趣的方法呀。」

「覺得有趣的人只有妳吧啊啊啊啊！」

「真是囉唆，帶走吧。」

「是！」

琴里說完後，不知從哪裡冒出兩名身強力壯的男人架住士道的雙手。

然後便以這個姿勢將士道強行拖走。

「啊，妳這傢伙，給我記住！琴里——」

「好的、好的。我會記住的，一路順風～」

聽見這個回答的同時，士道也被人帶到位於船身下方的艙口。

「祝你好運。」

他連抱怨的時間都沒有就被人推到空中。

「呀啊啊啊啊啊啊啊啊啊啊啊啊啊啊——」

強烈的風勢讓身上的衣服與臉頰肉不斷地隨風顫動。

幾乎快要使人失禁的漂浮感。以後再也不會害怕坐雲霄飛車了。

然後——處於快要使人昏厥的恐懼中，士道的視線裡出現了一名少女。

「──！」

手腳使出力氣穩定姿勢，在搖搖晃晃的視線中捕捉那名少女的身影。

然後……

「十香啊啊──」

竭盡力氣大聲吶喊那個名字。

然後，分秒不差地，原本加諸在身上的重力與漂浮感漸漸趨於緩和。

應該是〈拉塔托斯克〉的支援吧。雖然身體還在往下墜落，但是如此一來──

「──」

十香似乎有聽到士道的聲音，維持將巨劍高高舉起的姿勢抬頭往上看。

臉頰與鼻頭一片通紅，眼睛紅腫。模樣看起來有點狼狽。

與十香……四目相交。

「士……道……？」

彷彿尚未理解狀況般，十香低聲呢喃。

墜落的速度漸漸變慢，士道將手搭在十香的雙肩上。藉由飛翔在空中的十香的助力，士道得以停留在那個地方。

「妳……妳好呀……十香。」

「士道……是……是本人嗎……？」

「啊啊……應該沒錯。」

士道說完後，十香的嘴唇顫抖了起來。

「士道、士道、士道……！」

「啊啊，什──」

剛要回答，士道的視野邊緣突然出現強烈的光線。

被十香高高舉起在天空中靜止不動的劍，散發出足以將周圍變成闇夜的純黑光芒。

「這──這是什麼啊……」

「嘖……！糟糕……力量已經──」

就在十香皺眉的同時，如雷的光線從劍刃竄出、貫穿地表。

「十……十香，這是──」

「支配【最後之劍】的過程出現失誤……！現在只能朝著某個地方釋放力量……！」

「某個地方是指哪個地方啊？」

「──」

十香沉默不語地看往地面。

隨著她的視線看過去，可以看見奄奄一息的折紙正躺在那裡。

「十香，妳……！不……不可以，不可以朝那邊攻擊！」

「那……那麼你說該怎麼辦！已經瀕臨臨界點了！」

即使在談話間，十香握在手上的那把劍仍然朝著四周發射黑色雷電。猶如機關槍的掃射攻擊般，不斷刨挖地面。

然後，就在此時，士道想起琴里的話。

——阻止十香、封印那種力量的唯一方法。

「……十香。那……那個呀，請妳冷靜下來聽我說話。」

「什麼！現在沒有時間——」

「那個方法！或許可以……解決問題……也說不定喔！」

「你說什麼？到底該怎麼做？」

「啊，啊啊。那個——」

但是，士道卻無法立刻說出口。

因為琴里所說的那個方法實在是過於雜亂無章，既缺乏根據又毫無脈絡可言——

「快說！」

「……！」

士道下定決心後，開口說道：

「就……就是……那個啊……！十香！妳和我……接……接吻吧……！」

「——什麼？」

十香皺起眉頭。

這也難怪。居然在如此緊急的狀態下說出這種事情。如果被當成是惡作劇也只能莫可奈何。

「抱……抱歉，忘了吧。果然還是想想其他方法——」

「接吻是什麼？」

「啊……？」

「快點告訴我！」

「……接……接吻就是……像這樣，將嘴唇與嘴唇重疊在一起——」

然後，士道的話還沒說完……

——十香毫不猶豫地，將櫻花色的嘴唇按上士道的嘴唇——

「————————！」

士道用盡全力睜大眼睛，發出不成聲的叫聲。

因為十香的嘴唇非常柔軟溼潤而且還帶有一種香甜味道，那種觸感讓他的腦袋猶如挨了一記天堂地獄破（註：《勇者王GaoGaiGar》（勇者王ガオガイガー）中所出現的絕招）。接吻的滋味是檸檬口味，這句話是騙人的。應該是十香白天吃過的聖代味道。

一秒過後。

——原本高聳天際的十香的劍出現裂痕，零零落落地崩離瓦解並且消失於空中。

緊接著，構成十香身上那件禮服的內裡與裙子的光膜彷彿綻開般地消失不見。

「什——」

十香發出充滿驚慌失措的聲音。

「………………！」

但是，真正感到驚訝的人其實是士道才對。

並不是對於十香的劍與衣服消失這一點感到驚訝。因為即使當時半信半疑，但是士道已經從琴里那裡聽說過這種情形。

正確來說，是因為十香在兩人接吻的狀態下說話，所以讓士道感受到與自己接觸的嘴唇微微蠕動並且陷入難以言喻的混亂狀態。

——十香的身體失去力氣，開始往地面墜落。

在意識朦朧間，儘管有些躊躇，不過為了不與十香分開，士道還是相當溫柔地、提心吊膽地抱住了十香。

兩人以頭朝下，嘴唇與身體緊緊貼合的姿勢往下墜落。

十香的靈裝化成光粒，徒留軌跡。

那或許就是所謂的夢幻景色吧。

但是士道根本沒有察覺到這一點的餘裕。

他一邊支撐著十香一邊緩緩墜落——讓自己的身體墊在下方，然後在地面上著陸。

就這樣重疊片刻後……

「噗哈……！」

彷彿換氣般，十香移開嘴唇，撐起上半身。

「抱……抱抱抱抱抱抱歉，十香！因為我聽說只能這麼做……！」

當十香從自己身上離開後，士道立即跳了起來快速地退到後方，同時將身體縮成一團，做出一個標準的跪地求饒姿勢。

哎呀，嚴格來說雖然是十香主動獻吻的，但是該怎麼說呢？總覺得問題不在那邊呀。

但是，經過幾秒之後，十香既沒有將腳踩在士道頭上，也沒有痛罵他一頓。

「……？」

他驚訝地抬起頭來。

十香正坐在原地，一臉訝異地用手指摸著嘴唇。

話說回來，比起這件事情——

「噗哈……！」

士道彷彿要噴出鼻血般地漲紅了臉，全身僵硬不能動彈。

因為穿在身上的靈裝逐漸剝落，十香變成看起來十分引人遐想的半裸狀態。

「——！」

似乎是注意到士道的反應，十香慌慌張張地遮住胸部。

「這……這這是誤會呀十香！我只是——」

「不……不准看！笨蛋……！」

雖然不明白接吻的意思，不過還是擁有普通人該有的羞恥心。十香羞紅了臉瞪視著士道。

「抱……抱歉……！」

他驚慌失措地閉起眼睛。

「這樣不行！你還是會瞇著眼睛偷偷看吧！」

「那……那麼妳說該怎麼辦嘛……！」

士道說完後，經過數秒，全身上下再次感受到溫暖的觸感。

「咦——」

下意識地睜開原本閉著的眼睛。

眼前是十香漆黑的頭髮以及赤裸裸的肩膀。簡單來說——兩人的身體正緊緊地貼在一起。

「……這樣一來，你就看不到了。」

「啊，啊啊……」

這樣真的可以嗎？雖然心裡覺得疑惑，但是身體卻無法動彈，就這樣僵直在原地。

過了一會兒。

「……士道。」

十香發出微弱的聲音。

「什麼？」

「你還會……和我約會嗎……？」

「會呀。那種東西，無論何時都可以喔。」

士道用力點頭答應。

終章 精靈所在的風景

「——以上。」

這裡是只有身為司令的琴里才能進入的〈佛拉克西納斯〉特別通訊室。

靠著擺放在昏暗房間中央的圓桌，琴里以那句話作為報告的結語。

與攻略．回收作業有關的報告。

包含琴里在內，圓桌上總共可以感覺到五個人的氣息。

但是——實際上待在〈佛拉克西納斯〉內的只有琴里一個人。其他成員都是透過設置在圓桌上的擴音器來參加會議。

「……也就是說他的能力是貨真價實的嗎？」

發出有點含混不清聲音的，是坐在琴里右手邊的醜陋貓咪布偶。

哎呀，正確來說，發出聲音的應該是擺放在布偶前方的擴音器。不過從琴里的角度看過去，看起來就像是那隻醜貓在說話。

那是因為對方看不見這裡的影像，所以才被琴里擅自擺放在那裡的東西。

拜此所賜，位於〈佛拉克西納斯〉最內部的這個房間變成了相當奇妙的幻想空間。簡直就像是《愛麗絲夢遊仙境》裡的瘋狂茶會般。

「我不是說過了嗎？士道一定能成功。」

琴里得意洋洋地抱起手臂。然後，這次換成坐在左邊的哭臉老鼠發出平靜的聲音。

「——只靠妳的說明根本不足為信。除了死而復生的能力……還擁有吸收精靈力量的能力。真是令人難以置信呀。」

琴里聳了聳肩。

哎，這也沒辦法呀。

因為使用各種觀測裝備來確認士道的特異性所需花費的時間——大約是五年。

儘管如此，但是在這段期間內成立〈佛拉克西納斯〉、召集所有船員，以時間點來說其實是十分恰當的。

「精靈的狀態呢？」

下一位出聲的是坐在醜貓旁邊，滴滴答答流著口水而且外型設計得十分愚蠢的牛頭梗。

「目前由〈佛拉克西納斯〉代為收容觀察中——狀況非常穩定。沒有觀測到任何空間震與雜音。雖然還需要詳加調查才能確認剩餘的影響力，不過，至少已經不再具有『只要存在就會摧毀世界』這種等級的危險性了。」

琴里說完後，放在圓桌上的四隻布偶當中的三隻不約而同地屏住氣息。

「那麼，妳的意思是至少在現階段而言，精靈即使存在於這個世界也不會發生問題囉？」

明顯洩漏出緊張情緒的醜貓大聲說道。儘管琴里的視線參雜著厭惡，但是仍然用平穩的語氣回答「沒錯」。

「反過來說，她應該也很難靠自己力量消失於鄰界吧。」

「——那麼，他的狀況如何呢？吸收了那種程度的精靈力量，都沒有發生任何異常嗎？」

這次輪到哭臉老鼠提出疑問。

「現階段還沒有發現任何異常。不管是士道還是這個世界。」

「什麼？那可是足以摧毀世界的災難喔！將那種力量封印在人體內，居然沒有出現任何異常？」

笨狗如此說道。

「不是已經評估過不會發生問題，所以才允許使用他的能力嗎？」

「……他到底是什麼人？那種能力……簡直就像精靈一樣啊。」

與布偶的長相無關，而是個貨真價實的……蛋。儘管在內心如此嘆息著，琴里還是規規矩矩地開口說道：

「——關於死而復生的能力，就如同以前的說明一樣。至於吸收能力這一方面，目前還在調查中。」

琴里說完後，布偶們陷入短暫的沉默。

然後經過數秒後，至目前為止不發一語，抱著核桃的松鼠布偶靜靜地開口說話了。

「——總而言之，辛苦妳了，五河司令。成果相當精彩。期待妳往後的表現。」

「是！」

琴里在此時初次做出端正姿勢，將手擺在胸口前。

◇

「……呼啊。」

那件事故發生之後，經過了禮拜六、日，來到禮拜一。

被復興部隊完全修復的校舍裡，已經聚集相當多名的學生。

待在這些學生之中的士道無精打采地嘆了一口氣，呆呆地眺望著教室的天花板。

——那一天。

在那之後，士道便立即昏厥過去。等到再次睜開眼睛時，士道發覺自己又再次躺在〈佛拉克西納斯〉的醫務室裡了。

接下來，士道在設施裡接受一連串精密的醫療檢查——但是自從昏倒後，就再也沒看到過十香的身影。即使表示想要與十香對話，卻還是被要求一定要完成所有檢查，結果到最後還是無法見她一面。

「……啊～」

與十香邂逅後，這天旋地轉的十天彷彿就像是場夢一般。至於平靜無波的假日，老實說——空虛與無力感幾乎讓人想要就此死去。

但是……除此之外，還有一件事情讓士道感到相當介意。

那一天，士道的確與十香接吻了。

在那個瞬間，原本穿在十香身上的靈裝溶解消失——同時，士道記得似乎有某種溫暖的東西流入自己體內。

——那到底是什麼呢？

「…………」

他沉默不語地碰觸嘴唇。

明明已經過了三天，卻還能感受到那種觸感。士道的臉稍微變紅了。

「……真是噁心呀。你在做什麼，五河？」

「殿……殿町。既然在的話就出個聲啊！」

突然間被搭話，士道趕緊將頭轉回到原來的位置。

「……我很正常地待在這裡喔。而且還有跟你說話。殿町如果太寂寞的話，可是會死掉的唷。」

殿町一邊說話，一邊跨坐在沒有人坐的前方椅子，將手肘撐在士道的桌子上。

「不，我沒發現呀。話說回來，回去自己的座位坐好啦。班會快要開始了。」

「沒關係啦。反正小珠一定會稍微遲到。」

「你這傢伙……她至少是我們的導師吧。不要幫她取這種聽起來像是小貓或海豹的名字啦！」

「哈哈，有什麼關係，很可愛呀。雖然年齡差距有點大，不過依舊落在我的好球帶內啊。」

「啊……那麼向她求婚吧。她應該會答應喔。」

「啊？你在說什麼啊？」

然後，此時傳來教室門喀啦喀啦被打開的聲音，士道的肩膀顫抖了一下。

——瞬間，教室裡出現一陣騷動。

這也難怪。因為那位鳶一折紙到學校上課時，額頭、手腳等部位都纏滿了繃帶。

「……！」

就連士道也屏住呼吸。

只要使用顯現裝置就能治癒大部分的傷勢。經過三天後還包著這麼多的繃帶，代表傷勢應該相當嚴重吧。

「…………」

集教室裡所有注目於一身的折紙，踏著搖搖晃晃的步伐走到士道面前。

「早……早呀，鳶一。看到妳沒事就——」

就在士道尷尬地開始說話的時候，折紙突然消失在士道的視線中。

經過一秒後，士道才發現折紙朝著自己深深一鞠躬。

「鳶……鳶一……？」

教室陷入一片騷動，每個人的視線都集中在士道與折紙的身上。

但是折紙似乎完全不介意，繼續說道：

「——對不起，儘管我的道歉根本無濟於事。」

根據之後我所聽到的消息——據說狙擊十香的那一槍就是由折紙所發射出來的。所以應該是針對那件事情在道歉吧？

「什……五河，你到底對鳶一做了什麼事啊……？」

「我才沒有！如果有做的話，應該是我要道歉吧！」

面對以驚訝視線盯著自己的殿町，士道如此回答。

話雖如此，詳情還是不便向其他人說明。士道轉身面對折紙。

「好……好了，總之妳先抬起頭來……」

士道說完後，折紙居然乖乖恢復原有的姿勢。

「但是——」

然後，下一瞬間，她將士道的領帶根部拽起。

「咿——？」

折紙維持冷淡的表情將臉湊過來。

「不准……花心！」

「………………啊？」

以士道為首，包括注意著折紙一舉一動的每位同學都露出瞠目結舌的表情。

然後，彷彿是刻意配合這個時間點般，宣告班會開始的鐘聲響起。

儘管每位同學都興味盎然地往折紙與士道的方向看過來，不過還是各自回到自己的位置上。

但是，只有折紙仍然繼續盯著士道的臉。

然後，就在此時救命女神出現了。

「好了～各位同學，班會要開始囉～」

小珠老師打開門進入教室。

「……？鳶一同學，妳在做什麼呢？」

「…………」

折紙沉默不語地瞥了珠惠一眼之後，放開士道的領帶然後回到自己的座位。

話雖如此，她的座位就在士道旁邊。所以根本讓人無法安心地喘口氣。

「好……好了，大家都回到自己的位置上了嗎？」

珠惠似乎察覺到教室裡的異常氣氛，刻意發出精神奕奕的聲音。

接下來，彷彿突然想起要事般拍了拍手，然後不斷點頭。

「對了、對了，今天在點名之前，老師要給大家一個驚喜——進來吧！」

「嗯。」

然後——傳來那樣的回應聲。

「什……」

「——」

伴隨著士道與折紙的驚訝。

「——我是從今天開始轉入本班的夜刀神十香，請大家多多指教。」

穿著高中制服的十香露出迷人的微笑走進教室。

光是看著就會讓人感到雙眼刺痛的美麗，在教室掀起一片騷動。

十香完全不介意那些視線，拿起粉筆，以歪七扭八的字跡在黑板上寫上「十香」兩個字。然後滿足地說出「嗯」一聲，點了點頭。

「喂，妳……為什麼……」

「嗯？」

說完後，十香朝著這邊看過來。散發出閃耀著不可思議光輝的幻想光彩。

「哦哦！士道！我好想你呀！」

她大聲呼喊士道的名字，輕盈地跳到士道的座位旁邊——剛好就是方才折紙站立的位置。

士道再次引起全班注目的眼光。

唧唧喳喳、唧唧喳喳。周圍響起的吵雜聲都在胡亂揣測兩人的關係，以及猜測剛才折紙的舉動與這件事情的關聯性。

額頭浮現汗水，士道以師生們聽不見的音量說：

「十……十香……？為什麼妳會在這裡出現？」

「嗯，因為叫作檢查之類的東西已經結束了——我體內九成以上的力量似乎都已經消失。」

彷彿在模仿士道般，十香也以微小的聲音如此說道。

「哎呀——總而言之算是歪打正著吧。因為我的存在，世界才會停止悲鳴。因此呀，你的妹妹也幫了我多忙。」

「姓……姓氏呢……？」

「她叫什麼名字？總之就是那名一臉睡意的女人幫我取的。」

「那些傢伙……！」

士道胡亂搔著頭髮，然後將頭抵在桌子上。

十香能重獲自由確實是件好事，但是應該還有其他方法吧？

但是，十香卻露出若無其事的表情……

「怎麼了，士道。你看起來很沒精神耶。啊啊，難道是因為我不在身邊所以覺得很寂寞？」

她以一本正經的語氣說出這種話。

而且還是以周圍每一個人都聽得到的音量如此說道。

全班的騷動到達最高潮。

即使士道面臨到前所未有的窘境，還是想盡辦法大聲說道：

「妳……不要亂說話！」

「什麼嘛，真是薄情的人。明明那個時候是那麼粗魯地渴求我……」

說完後，十香用雙手遮住臉頰，嘴裡說著「討厭～」，臉上露出害羞的表情。

「————!?」

清楚感受到周圍氣氛的轉變。甚至於已經有人在桌子底下打簡訊了。如此一來，士道的名字應該會在一瞬間傳遍整個學校吧。

士道硬著頭皮提高音量。

「不……不對吧，十香！那……那種說法會讓大家誤會！」

「嗯？你想宣稱那是個誤會嗎？那可是我的第一次呀……」

「——，…………!?」

——致命一擊。這應該是琴里或令音替她想的餿主意吧。

不理會導師的制止，同學們開始喧嘩吵鬧。

然後，就在這個瞬間——十香將湊近士道的臉往右邊移動。

「咦……？」

愣在原地的士道眼前，有一支看似原子筆的東西迅速地飛過去。

「嗚啊！」

震驚的士道往那隻筆的來源看過去。在那裡，可以看見仍然維持射出原子筆的姿勢，以冷淡眼神看著這邊的折紙的身影。

「……嗯？」

「…………」

十香與折紙，兩人四目相交。

「嗯，為什麼妳會在這裡？」
「那是我的台詞。」
簡直是一觸即發的氛圍。
——不過，兩人似乎都沒有在這裡挑起戰端的意思。
這也難怪。因為一方是幾乎力量盡失的狀態；另一方則是沒有裝備而且還受傷的狀態。
「好……好了！結束！到此為止吧！妳們好好相處吧！」
因為岡峰老師慌慌張張地介入兩人之間，這一回合總算是進入中場休息。
但是……
「那麼，夜刀神同學的座位是——」
老師開始尋找十香的座位——
「不需要，讓開。」
十香朝著坐在士道隔壁——折紙對側的學生，投以銳利的眼神。
「咿……咿——！」
受到那股氣勢的壓迫，原本坐在位置上的女學生從椅子上摔下來。
「嗯，抱歉啦。」
說完後，十香就從容不迫地坐到那個位置，然後往士道的方向看過去。

但是如此一來，與她四目相交的人就不是士道，而是折紙了。

「…………」

「…………」

兩個人沉默不語地互相瞪視。

不，士道非常高興十香能夠繼續留在這個世界。也很感謝琴里他們傾全力幫忙。

而且，關於折紙活下來這件事情，老實說自己也覺得鬆了一口氣。

這種狀況一定就是所謂的完美結局吧。

但是，現在這種情形……

「哦哦嗚……」

士道置身在從左右兩側發散出來、猶如怪異光線的眼光之中，抱起頭來。

後記

幸會，好久不見，我是橘公司。真是矛盾。

各位讀者是否還喜歡《約會大作戰DATE A LIVE　末路人十香》呢？

本作最初的構思是：「如果祕密組織的每位成員都非常認真地玩美少女遊戲，應該會給人一種超現實的感覺吧？」

像這樣，艦橋的大螢幕上播放著二次元美少女的特寫畫面，由臉上冒著汗水的艦長之類的人物來選擇選項。只要女孩子出現不好的反應，就會出現以下這種情形——「怎⋯怎麼會這樣⋯⋯！」嗶——，嗶——！緊急狀態！緊急狀態！振作點啊，羅德利！只是好感度降低而已，不是嗎？醫護兵！醫護兵!!

以此為基礎，再加入各式各樣的調味，就完成了本篇故事。如果讀者能喜歡，那將是我莫大的榮幸。

本作預定會出續篇。請各位讀者務必觀看。

順帶一提，拙作《蒼穹のカルマ》仍會繼續出版，希望喜歡本作的讀者也能稍微看一下。

那麼，本作是在許多人的協助下所完成的一部作品。

不管怎麼說，首先必須感謝的就是插畫家つなこ老師。在角色設定的階段，真是令我大吃一驚啊。那些插畫的數量與品質，真的是已經達到讓人想要全部公開的程度了。

如果這部能成為暢銷作品，或許就有機會能實現。所以……沒錯吧，吶？（使眼色）

包括責任編輯在內的每位相關人員，謝謝你們的幫忙。

讓我確實地感受到「單靠我一人是絕對無法完成」這樣的基本道理。

然後，最重要的是要對正在閱讀本書的您獻上最誠摯的感謝。

那麼，接下來……呃，讓我們在本作的第二集或是《カルマ》第八集再次相會吧。

橘 公司

Kadokawa Light Novels

Sword Art Online刀劍神域 1~8 待續

Kadokawa Fantastic Novels

作者：川原 礫　插畫：abec

「圈內事件」、「聖劍」、「起始之日」。
刀劍神域三大精彩篇章在此一舉呈現。

「圈內事件」──描述桐人與亞絲娜追查「SAO」的中層地區發生玩家遭到殺害的慘案經過。「聖劍」──入手「ALO」裡傳說聖劍的任務終於開始！「起始之日」──「SAO」正式上線首日，桐人為了在遊戲裡存活下去，定下第一個目標……

各 **NT$190~260/HK$50~75**

台湾角川

Kadokawa Light Novels

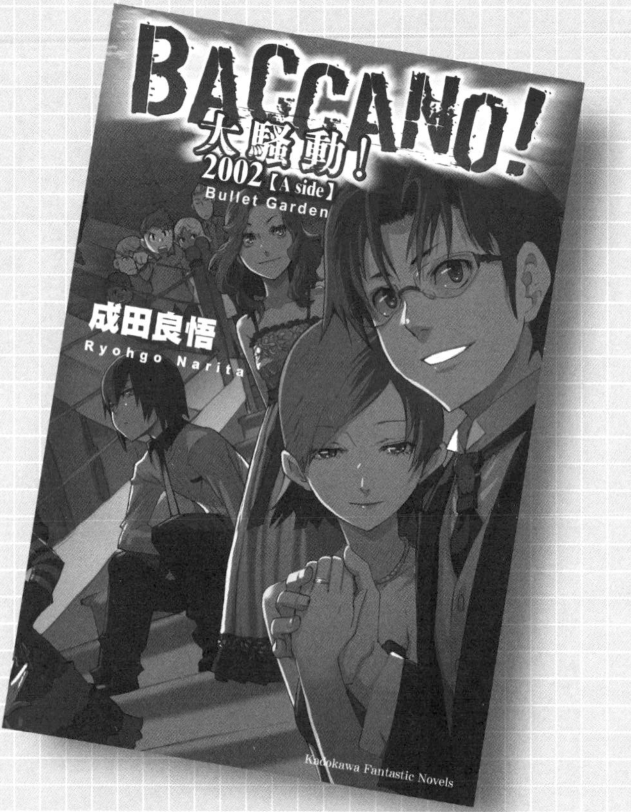

BACCANO！大騷動！ 1~12 待續

Kadokawa Fantastic Novels

作者：成田良悟　插畫：エナミカツミ

第九屆電擊遊戲小說大賞〈金獎〉之黑街物語！
日本系列銷售量突破100萬本的系列作品！

陪伴費洛與艾妮絲去「蜜月旅行」的察斯搭上了開往日本的豪華客輪。船上的乘客有好萊塢巨星與擔任替身的特技少年，還有偷渡的孩子、企圖占領船隻的神秘集團與追捕他們的「獵犬」等。察斯感受到一股說不出來的感覺，那究竟是——？

各 **NT$180~260/HK$50~75**

台湾角川

Kadokawa Light Novels

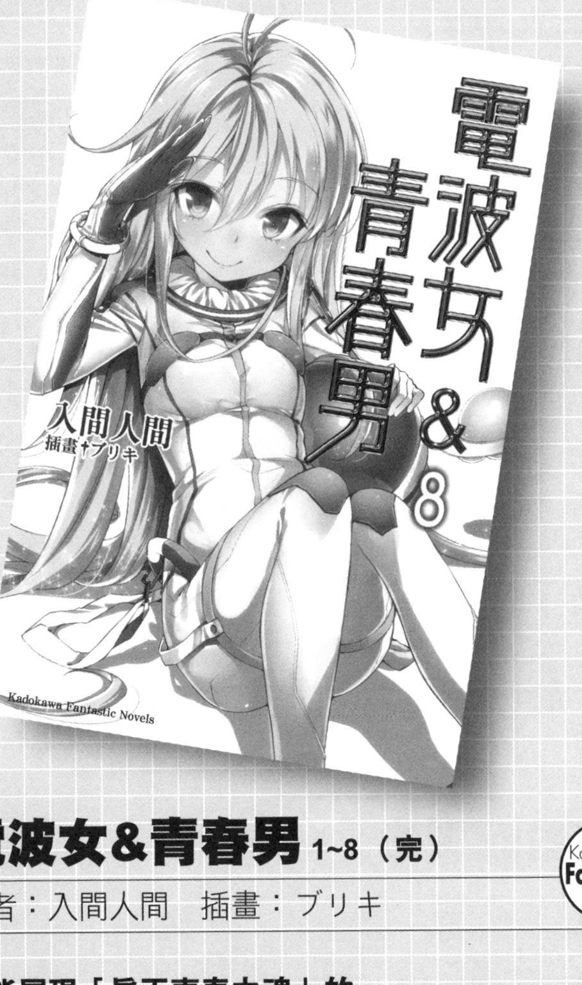

電波女&青春男 1~8（完）

Kadokawa Fantastic Novels

作者：入間人間　插畫：ブリキ

最能展現「眞正青春之魂」的另類青春小說！

有個迷你尺寸、身上捲了團棉被的傢伙在我與艾莉歐的面前現身了。跟小小棉被捲怪相遇後，她讓我明白被我當成青春點數下降主因的艾莉歐，原來我是多麼地倚賴她呀。在本回的故事中，我將向宇宙人們呼喚完結。我的青春點數究竟會怎麼樣呢？

各 NT$180~240/HK$50~68

台湾角川

Kadokawa Light Novels

美少女死神 還我H之魂！ 1~3 待續

Kadokawa Fantastic Novels

作者：橘ぱん　插畫：桂井よしあき

神秘死神推動「從乳房開始的世界革命」！
壓抑系情色喜劇第三集，變幻登場！

高中生良介以「色慾之魂」為代價和美少女死神．莉薩菈過著同居生活。由於某些緣故，他從色情變態男轉職成了超級美少女！就在良介的妄想無限延伸之際，居然出現了一位身分不明的死神，而且他還要推動一場「從乳房開始的世界革命」！

各NT$180/HK$50

台湾角川

Kadokawa Light Novels

R-15 1~3 待續

Kadokawa Fantastic Novels

作者：伏見ひろゆき　插畫：藤真拓哉

天才情色作家芥川丈途
能否救回魔王城堡裡的謠江？

　閃學園中突然冒出一座中世紀的城堡，園聲謠江居然在丈途面前被魔王抓走了！ＲＰＧ劇情就這麼莫名其妙地展開。由村人三號的丈途領軍，加上白魔法師鳴唐吹音和賢者円修律，不知為何連兔女郎們也跑來湊熱鬧。亂七八糟的學園生活第3集！

台湾角川

各 NT$190~200/HK$50~55

國家圖書館出版品預行編目資料

約會大作戰. 1, 末路人十香 / 橘公司作 ; 竹子譯.
-- 初版. -- 臺北市 : 臺灣國際角川, 2012.04
面 ;　公分. -- (Kadokawa fantastic novels)
譯自 : デート・ア・ライブ : 十香デッドエンド
ISBN 978-986-287-653-4(平裝)

861.57　　101004580

Kadokawa
Fantastic
Novels

約會大作戰DATE A LIVE 1
末路人十香

（原著名：デート・ア・ライブ　十香デッドエンド）

2012年5月1日　初版第1刷發行
2024年3月22日　初版第20刷發行

作　者：橘公司
插　畫：つなこ
譯　者：竹子

發行人：台灣角川股份有限公司
總　監：呂慧君
總編輯：蔡佩芬
主　編：林秀儒
編　輯：孫千棻
設計指導：陳晞叡
美術設計：吳佳昀
印　務：李明修（主任）、張加恩（主任）、張凱棋

發行所：台灣角川股份有限公司
地　址：104台北市中山區松江路223號3樓
電　話：（02）2515-3000
傳　真：（02）2515-0033
網　址：www.kadokawa.com.tw
劃撥帳戶：台灣角川股份有限公司
劃撥帳號：19487412
法律顧問：有澤法律事務所
製　版：巨茂科技印刷有限公司
ISBN：978-986-287-653-4